XIX
THE MOON
きみの傍に誰かいる?
きみ次第だね

クラッシュ・ブレイズ

ファロットの休日

茅田砂胡
Sunako Kayata

C★NOVELS Fantasia

口絵
挿画　鈴木理華
DTP　ハンズ・ミケ

レティシアの場合

1

与えられた難しい課題をほぼ終えて一息ついた時、レティシアと同じ班で実験していた女学生の一人が妙に遠慮がちに話しかけてきた。

「ねえ、レット。――ニコラに会った？」

久しく忘れていた名前である。

ちょっと驚いて、レティシアは眼を見張った。

「いんや。会ってないけど、なんで？」

「この前、あたしに連絡してきて、あなたのことを訊《き》いてきたの。会いたがってるみたいだったから、今日の授業のことも話したんだけど」

彼らがいるのはセム大学の医学部教室だ。

ニコラ・ペレリクは十四歳。まだ中学生の歳だが、十二歳でセム大学に入学したほどの秀才で、以前は彼らの同期生だった。

しかし、彼はある事件が原因で大学をやめている。以来、ニコラの話題は彼らの間で上ることはなく、ニコラのほうもセム大での学生生活は思い出したくないはずだったが、別の男子学生二人が言った。

「ニコラならついさっき構内で見かけたぜ」

「ああ、俺も見たよ。声を掛けようとしたんだけど、何か避けられてるみたいで、ちょっとな……」

「無理もないよ。あんなことがあった後じゃ……」

「しっ！」

セム大学ではその事件のことは『禁句』である。

何よりレティシアがその事件の被害者だったから、みんな気遣うような眼でレティシアを窺《うかが》った。

レティシアは困ったように苦笑しながら、努めて感情を抑えて淡々と言ったのである。

「それは多分、逆だったんじゃないかな。俺の顔を見たくなかったんだよ。嫌われてるとかじゃなくて、会えばいやでも思い出しちまうだろ」

一同さらに気まずい顔になった。話を持ち出した女学生に非難の眼差しが集中する。

いやな空気が漂《ただよ》ったが、レティシアは自分でその空気を笑い飛ばした。

「そりゃあ俺だってさ、あの時はせっかくの男前がこれで台無しかって相当がっくりきたもんだけど。見ての通りきれいに治ったんだ。気にしなくたっていいのにな。もう終わったことなんだから」

これで場が和み、みんな実験に戻ったのである。

まだちょっと気まずそうな顔の件《くだん》の女子学生が、そっとレティシアに話しかけた。

「レットは強いね」

「そんなことねえよ。ちょっとばかり立ち直るのが早かっただけさ」

「かもしれないけど、それだけじゃないよ」

少し前、失業者ばかりが四人、次々に殺害され、解剖された無惨《むざん》な姿で発見された事件がある。

世間を震撼《しんかん》させた連続猟奇《りょうき》殺人事件だ。

犯人はあろうことかあるまいことか、セム大学の医学生四人だった。彼らは自らの解剖実習に備え、生きた人間を使って文字通り『実験』したわけだ。

レティシアとニコラはその犯行現場に居合わせ、ニコラは犯人の一人に足を撃たれた。

レティシアも顔や肩、腹を斬られ、特に腹の傷は緊急手術が必要なほどの重傷だった。

犯人たちがそこで仲間割れを起こさなかったら、彼は確実に五人目の犠牲者になっていただろう。

警察からこの衝撃の事実を聞かされたセム大学が受けた打撃は計り知れない。

自校の学生が人を殺害しただけでも一大事なのに、よりにもよって医学部である。人の命を救う医者になるべく学んでいる学生たちが自らの実験のために四人もの人の命を奪ったのだ。

しかも、これだけでは終わらなかった。

レティシアは偶然その場に居合わせた被害者だが、ニコラは違う。彼は加害者の一味だったのだ。

ただし、ニコラは自分の本意ではなかったのだと、他の四人に脅《おど》されて逆らえなかったのだと訴えた。

問題の四人はいわゆる名家の息子である。

特に主犯格のデューク・デュプリンは医学部でもひときわ目立つ成績優秀な生徒だった。

自信家のデュークは実験材料を確保するために、傭兵《ようへい》上がりの男たちを四人も雇《やと》っていた。ところが、男たちの一人がその事実を材料《ネタ》にして、デュークの親を脅せば大金が手に入ると考えたのが発端となり醜《みにく》い仲間割れが起き、その結果、八人が殺し合う凄惨《せいさん》な事態となったのである。

唯一生き残ったニコラの口から、これらのことが詳細に語られ、セム大学当局は今度こそ頭を抱えた。

ニコラも無論、警察に事情聴取された。

十二歳で大学に入った秀才だけあって、ニコラは利発で、ちょっぴり背伸びしている性格である。

六歳も年上の同級生に負けるものかという自負もあったろうが、体格だけはどうしようもない。

「逆らったら……真っ先にぼくを解剖してやるって。それで……どうしようもなかったんです。先生にも誰にも言えませんでした」

ニコラは真っ青な顔で語ったが、警察はこれでは納得しなかった。脅されて仲間にされたと言っても、彼は拘束《こうそく》されることもなく自由に行動していたのだ。

最初の犠牲者が発見されてから四人目の殺害までかなりの日にちが空いている。その間になぜ助けを求めなかったのかと警察官は疑問を投げた。

「それは、いつも四人のうち誰かがぼくの側にいて、見張られていたからです」

「しかし、きみは夜には自宅に戻っていたんだろう。四人はきみの家まで押しかけたわけではないはずだ。どうして自宅から警察に連絡しなかったんだ?」

「無理ですよ、そんなの！　アンディはお父さんの警備会社の設備を自由に使えるんです。自宅からの通信も盗聴されていたかもしれないし、ブラッドとマットの父親は警察上層部の人間だし、デュークの父親なんか大学の理事なんですよ！」

「それを言うならきみの父親もかなりの有力者だぞ。ご両親に打ち明けようとは思わなかったのか？」

「そんな！　どんな仕返しされるかわからないのに、そんなこと恐くてできませんでした」

警察というのは人を疑うのが商売である。

どんなに被害者になりすまそうとしても、熟練の警察官の眼を欺《あざむ》けるものではない。演じているのが十四歳の少年ならなおのことだ。必ずぼろが出る。

しかし、その彼らが見てもニコラが激しい衝撃を受けていること、病院に収容された後も本当に怯《おび》えきって震えていたのは疑いようがなかった。

デュークの脅迫《きょうはく》を受け入れたのは彼の弱さだが、大学でも一目置かれるデュークを含む四人に脅され、断れば殺されるところまで追いつめられた。こんな状況に置かれた十四歳の少年に、なぜそんな脅迫に屈したのかと責めるのは酷というものだ。

幸いというのも変だが、ニコラは手先に使われていただけでまだ誰も殺してはいないのだ。

それなら十分やり直せる。

セム大医学部の学生たちもニコラに同情した。

全員が未成年ということで犯人の名前も学校名も伏せられたが、医学部の学生たちはいやでも事件の真相を悟った。悟らざるを得なかった。同じ授業を受けていた同級生が四人、揃《そろ》いも揃って変死したとなればどういう意味か考えるまでもなかったのだ。

ただし、その学生たちも、ニコラが加害者の一味だったことは未《いま》だに知らない。

レティシアと同じ被害者だと思い込んでいる。

ニコラがやむなく事件に荷担していた事実は大学側と警察の配慮に加え、ニコラの父親の強い要望によって公表されず、唯一、事情を知るレティシアも沈黙を守ることに同意したからだ。

この経緯《いきさつ》を知らない学生たちはニコラを気遣って、お見舞いの手紙を送った。事件のことは忘れて早く戻ってきてほしいと励《はげ》ましの言葉を掛けたが、何も知らない同級生の気遣いが逆に重圧《プレッシャー》になったのか、ニコラは入院中の病院から退学届けを提出した。

それを聞いた医学部の学生たちは残念に思ったが、無理もないと納得もした。この場所に戻ってくれば、死んだ四人のことをいやでも思い出してしまう。

自分を殺そうとした犯人がどんな顔をしていたか、かつて彼らと何を学んだか、何を話したか、記憶は鮮やかに生々しく、どこまでもついて回る。そんな日々には耐えられないと思っても恥ずべき点は何もない。第一それでは勉強になるわけがない。

むしろ心機一転、新しい場所での再出発を選んだニコラの決断を同級生たちは密かに応援していた。

だが、レティシアは完治すると大学に戻ってきた。

さすがに当初は表情も硬く、ぎこちなかったが、彼は淡々と元の生活を取り戻す努力をし、同級生も全面的にレティシアを支援したのである。

こうした経緯があるものだからニコラを見かけた男子学生が声を掛けるのを躊躇《ためら》ったのももっともで、それはニコラにとっても同じことが言える。大学に顔を出せるようになっただけでも上出来だ。

一方、レティシアは別のことを考えていた。

ニコラがどんなつもりで自分の予定を尋ねたのか謎だが、女学生の言うようにニコラがレティシアに会いたがっているということはあり得ない。

恐らくニコラは今になって、何かの理由で大学に顔を出す必要に迫られたのだろう。しかし、まかり間違ってもレティシアとは顔を合わせたくない。

そこで昔の同級生に連絡して、レティシアがいつ大学にいるのかを確認したと考えれば筋が通る。

しかし……と、レティシアは首を傾《かし》げた。

そこまで手を回しておきながら自分が大学にいる時間帯に構内をうろちょろしているとは、ずいぶん半端な真似をするものだ。

ばったり顔を合わせたらどうする気だったのかと、他人事《ひとごと》ながらおかしくなる。

それきりニコラのことは忘れていた。

ところが、翌日以降、ニコラはレティシアの行く先々に頻繁《ひんぱん》に姿を見せるようになったのである。

と言ってもレティシアだから気づいたのであって、常人なら気配すら感じ取れなかっただろう。

ニコラ本人も気づかれないように十分に用心しているようで、いつも黒塗りの車の中にいた。

そこからそっと、こちらを窺っている。

これにはレティシアも戸惑った。

顔見知りが何も言わず、近づいてこようともせず、息を殺すように自分を覗《のぞ》き見ている。

これは立派に『つきまとい』『ストーキング』に該当する行為だが、レティシアは放っておいた。

気味が悪いとも鬱陶《うっとう》しいとも、やめさせようとも思わなかった。

この程度で参るようなやわな神経はしていないし、ニコラの行動にほんの少しばかり興味が湧いたのも確かだった。

進展があったのは三日後だ。

レティシアは意外にも報道番組が好きである。

勉強の合間には映像付きでその日一日の出来事を確認しているし、昼食時にも音声のみの報道番組をBGM代わりに使っている。

セム大学の医学部を受講しているレティシアだが、本来は高校生だ。友達も多いから、昼食はたいてい友人たちとおしゃべりに興じている。

番組の音量は会話の妨《さまた》げにならないくらい小さくしているが、レティシアは友人たちと会話しながら番組の内容をほぼ正確に聞き取ることができた。

彼の生まれ育った世界においても同じだが、ここでは貴重なものだった。この世界において『情報』は非常に情報の入手が極めて容易である。端末から接触するだけで最新の情報を惜しげもなく提供してくれるのだから利用しない手はない。

以前はにぎやかな酒場で呑《の》みながら、旅人の話に耳を傾けていた。さりげなく席を替えながら、話を聞き取れる範囲に接近するのはなかなか骨が折れる作業だったが、ここでは座ったまま国際情勢、経済、スポーツ、芸能に至るまで情報を拾うことができる。

熱心に耳を傾けながらもレティシアは友人たちとおしゃべりに興じていたが、騒がしい声が偶然にも揃って止んだ瞬間、ある報道が流れた。

「――昨夜、シャルル・ペレリク総合事務局次長が心臓の発作で入院しました。幸い大事には至らず、今朝には退院しましたが、しばらく安静が必要とのことです。ペレリク総合事務局次長は来月行われる予定の連邦大学総合理事選挙に出馬の意向を示していましたが、微妙な状況です」

友人たちはその名前に聞き覚えがあったようで、したり顔で頷《うなず》きあった。

「本命がこけたか」

「いずれは総合学長の椅子を狙ってるやり手だろ。心臓発作なんて、とんだつまずきだな」

「政治家は健康が第一だもんなあ」

連邦大学は一つの政府のようなものである。

この星を統治するのは政治家ではなく教育者だが、選挙という形を取っている以上、どんなところにも権力争いは存在するのだ。

総合学長が大統領なら、総合事務局次長は国務副大臣くらいに相当する重職だが、この役職はいわば官僚であって閣僚ではない。

そのため議決権を持つ理事選に出馬しようとしていたところ、軽いながらも心臓発作に襲われた。

結果的に理事選の行く末に多大な影響が出たのでニュースになったのだろう。

だが、高校生の彼らには次の試験のほうが遥かに重要な問題だった。話題はすぐに他に移り、午後の授業が始まる前にみんな席を立ったのである。

レティシアも彼らと同じように教室に向かったが、果たしてこれは偶然だろうかと考えていた。

何があろうとレティシアの顔だけは金輪際見たくないと思っているはずのニコラが身辺をうろちょろするようになった途端、その父親が倒れて入院した。

否《いな》、偶然のはずがない。

この二つの間には何か関連があるはずである。

予想は外れなかった。

放課後、レティシアがエクサス寮に戻ると舎監が声を掛けてきたのである。

「ミスタ・ファロット。面会人だぞ」

「あー、はい」

誰であるかは想像がついたから生返事をすると、舎監は気がかりそうに付け加えてきた。

「いくら聞いても大丈夫だとしか言わないんだが、あの子、どこか具合が悪いんじゃないか?」

「――そうなんですか?」

「ああ。今にも倒れそうだった。自分の足で立っていたのが不思議なくらいだよ。どうしても、きみに話したいことがあるそうだ。早く聞いてやってくれ。救急隊が必要ならすぐに言ってくれよ」

「う~ん。本人が大丈夫だって言うなら大丈夫だと思いますけど……そうですね。何かあったら大変だ。

――面会室ですか?」

「いや、どうも狭いところには抵抗があるようでね。閉所恐怖症かもしれないな。遊戯室《ゆうぎしつ》で待ってるよ」

それは違う。狭いところがいやなのではない。

面会室ではレティシアと二人きりになってしまう。

それが耐えられないのだ。

遊戯室には大勢の寮生が集まっていた。

夕食前の一時《ひととき》、ここでおしゃべりしている寮生も多いのだ。そこで待っていたのは予想通りの人物で、舎監の言葉は決して大仰《おおぎょう》なものではなかった。

ニコラは遊戯室の片隅の椅子に座っていた。

両手で膝《ひざ》を握りしめた姿勢はがちがちに緊張し、顔面蒼白《そうはく》、唇《くちびる》は土気色、両手で懸命《けんめい》に押さえつけても膝がぶるぶる震えている。

『倒れそう』どころか『今にも死にそう』な相手に、レティシアは至って気楽に声を掛けた。

「よう、ニコラ。久しぶりじゃん」

はじかれたようにニコラが飛び上がった。

椅子が転がって倒れる。悲鳴を上げなかったのが不思議なくらいの過剰《かじょう》反応だった。

胸を波打たせて大きく喘《あえ》ぎながら、なぜか決してレティシアの顔を見ようとはしない。

頑《かたく》なに眼を逸《そ》らし、逃げようとする両足を必死に押さえつけているのがあからさまにわかる。

端から見てもわかるほど身体をこわばらせ、肩で息をしている男子中学生の図は明らかに異様だから、通りかかった寮生の女子がからかうように（その実ちょっと心配そうに）話しかけてきた。

「レット、何してるの。せっかく会いに来てくれた後輩をいじめちゃだめじゃない」

「ひでえなあ。いじめられてるのは俺のほうなのに。ここんとこずっとこいつに跡をつけ回されててさ。それも立派な黒塗りの車の中からじーっとこっちを覗いてるもんだから、いやもう、焦《あせ》ったの何のって。こりゃあひょっとしたら、古めかしい言い方だけど、俺って密かに思いを寄せられてるんじゃないかって、気が気じゃなかったぜ。今だって告白されるんじゃないかって、めちゃくちゃびびってるんだから」

明らかに冗談とわかる口調に女子生徒け吹き出し、高らかに笑いながら離れて行ったのである。

一方、ニコラは真っ赤になっていた。さっきとは別の意味でわなわな震えている。

羞恥《しゅうち》からではなく憤《いきどお》りによるものだ。

よくもぬけぬけと——と、よほど言いたかったに違いない。だが、これで少しは緊張がほぐれたのか、ニコラは大きく深呼吸して、ぼそりと呟《つぶや》いた。

「気がついてたの……？」

「おまえが俺の跡をつけ回してたことか。こっちが訊きたいぜ。なんで気がつかないと思ったんだ」

ニコラは気まずそうな表情で押し黙り、しばらく躊躇ってから言った。

「……話があるんだ」

「何だい？」

「ここじゃ、ちょっと……」

「それじゃあ俺の部屋に来るか?」

針で突《つつ》かれたようにニコラの身体が飛び上がる。見る間に血の気が引いていき、再び足ががくがく震え始める。今度は正真正銘の恐怖からだ。

何とも忙《せわ》しいニコラに、レティシアは内心呆《あき》れて、顔では苦笑しながら肩をすくめた。

「おまえさあ、緊張するのはわかるけど、ちょっと顔に出すぎ。部屋がだめなら外に出るか?」

ニコラは硬い表情で頷くと、断頭台へ上るような顔つきでレティシアについてきた。

ニコラがこれほどレティシアに対して恐怖を覚え、緊張しているのには無論、理由がある。

十六歳のレティシアは一見すると小柄《こがら》で細身で、陽気で明るく気さくな性格で、友人も多い。

まさにどこにでもいる典型的な少年の一人だが、その正体は殺人鬼である。

少なくともニコラはそう思っている。

仲間割れの末に殺し合ったと思われている八人はレティシアが殺したのだ。

ニコラはその目撃者だが、彼はそのことを誰にも言わなかった。警察にも黙っていた。

ニコラの足の怪我も実はレティシアが撃ったのだ。それを言わなかったのは口止めされたせいもあるが、真の理由は別にある。

ニコラ自身にも失業者を殺そうとしていた弱みがあったからである。

決して無理やり仲間にされたわけではない。彼は自ら進んでデュークの誘いに乗ったのだ。

しかし、十四歳の彼は年上の仲間たちから邪険にされており、使い走り程度の扱いだった。

ニコラはそれが不満で自分にも解剖をやらせろとデュークをせっついていたが、年下だった彼は一番後回しにされて、結果的に誰も殺すことはなかった。

そしてレティシアが四人の医学生を殺したことで、世間を騒がせた連続猟奇殺人事件は終わりを告げ、ニコラは大学を去ったのである。

そのニコラがわざわざ自分に会いに来たことを、レティシアは単純におもしろいと思っていた。

どんなに賢《さか》しくても性格が悪くても、人殺しまで企んだとしてもニコラはまだ十四歳の子どもである。

それを思えば、あれだけの体験をしながら、よくまあ身一つで自分の前に出てこられるものだ。

玄関を出ると、外はとっぷり陽が暮れていた。

「で？　何の話だ」

ここでもさんざん躊躇ったあげく、ニコラは意を決したように切り出したのである。

「父が……脅迫されてるみたいなんだ」

「誰に？」

間髪容れずに問い返されてニコラは面食らった。虚《きょ》を衝《つ》かれて、へどもどと口籠《くちご》もる。

「そんなの……わからないよ」

「わからないのに何で脅迫されてると思う？」

「それは……父親の態度が変だからさ」

「どんなふうに？」

いきなり話の核心に迫られてニコラは戸惑ったが、躊躇いがちに言った。

「父親が……携帯端末を持って寝室から飛び出してきたんだよ。入浴中だったみたいで頭は泡だらけで、バスローブにスリッパだった」

レティシアの感覚では——もっとも彼には父親の記憶などないのだが——どこにでもいるお父さんの姿に思えたので、率直に尋ねた。

「つまり普段はそういうことをやらないわけだ？」

ニコラはものすごく真面目に答えた。

「絶対にね。同じ家に住んでるけど、ぼくは父親の寝間着姿も見たことがないよ。両親の寝室の奥にはバスルームがあるから起き抜けに他のを使う必要がないんだ。そのくらい几帳面なんだよ」

それは神経質と言ったほうが適切な気がするが、レティシアは黙って話を聞いていた。

「最初はどうかなったかと思ったよ。びしょぬれで飛び出してきたと思ったらぼくが廊下にいたことも気づかないで仕事部屋に飛び込んで鍵を掛けたんだ。仕事部屋は防音対策が万全だから」

「つまり家族には聞かれたくない話だったわけだ。順当に考えると女でもできたんじゃないか？」

「だとしても……普通のつきあいじゃないと思う」

女云々《うんぬん》は深く追及せずにニコラは言った。

「第一、父親は仕事と私生活を分ける主義で、家にいる時は携帯端末は使わないんだよ。なのに、それ以来しょっちゅう連絡が来るんだ。そのたびに仕事部屋に行って話してる。普通じゃないよ」

「ふうん。まあいい。とにかくおまえは親父さんが脅されてると確信したわけだな」

ニコラは黙って頷いた。

「脅迫の材料《ネタ》は？」

今度は首を振る。

知らない――もしくはわからないという意味だ。

「親父さんが要求されてるのは金か？」

ちょっと沈黙して、また首を振る。知らないけど多分違うと思う――という意味らしい。

「親父さんに直接訊いてみるってのは？」

ニコラは露骨に馬鹿にしたような顔になった。

訊いたところで言うとでも思ってるの？　と眼が語っていたが、慌《あわ》てて視線を逸らした。

「どうして警察に相談しない？」

ニコラはちらっとレティシアを見た。どことなく非難するような眼差しである。

察してくれてもいいだろうという顔つきだ。

俺はそこまで親切じゃないんだけどなと思いつつ、レティシアはその点を指摘してやった。

「あの事件のことなら親父さんとは関係ないだろう。それともばれるのが恐いのか？」

ニコラは馬鹿にしたような顔になった。

「セム大の事件に関して言うなら、ぼくはあくまで被害者なんだから、そんな心配はしてないよ」

「じゃあ、なんでだ？」

「それは……」

「親父さんが脅されてるネタが表沙汰《おもてざた》になるのはまずいってことか？」

「そうだよ」

わかってるなら早く答えろよ――とニコラは少々苛立っている様子だったが、すぐ神妙な態度に戻る。

「今も言ったように世間には知られたくないんだよ。それでその……相談なんだけど……」

「相談？」

「そうだよ」

「おまえが俺に？」

ニコラは恐る恐る頷くと、あくまでレティシアを見ようとはせずに本題に入った。

「誰か紹介してもらえないかな」

「誰かって？」

「だから、何ていうか、こういうことに慣れていて、秘密厳守でうまく処理してくれる人だよ」

説明を聞いても意味不明である。

レティシアはその気持ちを正直に態度に表して、肩をすくめた。

「おまえが何を言いたいかよくわかんねえんだけど、なんで俺に訊くわけ？」

「だって――レットの専門じゃないか」

「はあ？」

「きみのことだから、その手の人たちに知り合いがたくさんいるんだろう」

「その手の人たち？」

ますますもって理解不能だ。

ニコラは言うべきことは言ったとばかりに頷いて、期待を込めた眼でレティシアを窺った。

どうやらこれで通じたと思い込んでいるようだが、レティシアはわけがわからず眼で疑問を投げかけ、ニコラはひたすら眼で答えを求めている。

何やら怪《あや》しげな見つめ合いとも取られてしまうが、このままでは埒《らち》が明かない。

レティシアはニコラの態度と突拍子もない言葉の数々から、相手の言いたいことを推測してみた。

「おまえさ、ひょっとして俺を犯罪組織の構成員かなんかと勘違いしてねえ?」

ニコラの眼が丸くなる。

「……違うの?」

「当たり前だろう。だったらのんびり高校生なんかやってねえよ。せっせと人殺しに精を出してらあ」

ニコラが飛び上がった。

他の少年が言えば質《たち》の悪い冗談《ジョーク》に過ぎない台詞《せりふ》も、レティシアの口から出ると洒落《しゃれ》にならない。彼には本当にそれができることをニコラは知っている。

「そんなわけでご期待には添えねえわ。じゃあな」

「待って!」

話を切り上げようとして背を向けたレティシアに、ニコラが叫んだ。

「頼むよ! 頼むから――」

面倒くさそうに振り返るレティシアに、ニコラは絞り出すような声を掛けたのである。

「助けて欲しいんだ」

予想だにしない言葉だった。

滅多に物事に動じないはずのレティシアが、この時ばかりは思わず眼を見張ったくらいだ。

しかし、うつむいていたニコラにはレティシアの表情の変化はわからない。

「俺に?」

下を向いたままニコラは黙って頷いた。

「わっかんねえなあ。おまえ、俺が恐いんだろう」

「恐いよ……恐いに決まってるだろ」

「なんでその俺に頼むかね。そのくらいなら警察に行けばいいじゃん」

「それができるくらいならとっくにやってるよ! 警察に行けないから頼んでるんじゃないか」

その言い方で頼んだことになると思ってるのかという至って常識的な突っ込みはひとまず横に置く。

「さっき報道でやってたが、親父さん、心臓発作を起こして入院したって?」

「嘘《うそ》だよ。倒れて入院したのは本当だけど……」

心臓発作ではなく心労から倒れたのだという。

「その脅迫のせいか？」

ニコラは黙って頷いた。

「それでも警察には言えないのか？」

また頷く。

「どうしてだ？　倒れるくらいだから、親父さんはかなり追いつめられてるんだろう」

「言ったら……父親が警察に逮捕されるよ」

「そうなのか？」

「そうだよ。あの怯えようは普通じゃないもん」

ニコラがレティシアを頼ってきた理由が何となく理解できた。

自分たちはいわば同じ秘密を共有する間柄である。

父親が抱えている問題も秘密裏に処理しなければならない。ニコラは恐らくレティシアならそうした裏の世界に伝《つて》があると考えたのだろう。

考え違いもいいところだが、レティシアは真顔で言い諭《さと》した。

「わかんないぜ。脅迫にもいろいろ種類があるんだ。首に爆弾つけられて銀行強盗をさせられた例もある。向こうは単純に警察に話したら親父さんを殺すとか、家族に危害を加えるって脅してるのかもしれないぞ。それなら警察を頼るのは有効な手段じゃないのか」

「違うよ。そういうのじゃない。父親は何か弱みを握られているんだと思う」

「けど、どんなネタで脅されてるか知らないんだろ。なのに、のっけから警察はだめって決めつけるのはおかしくねえ？」

「父親の様子を見てればわかるよ、そのくらい」

苛立たしげな口調だった。ついつい上からものを言う態度になるのはもともとこの少年の性分だろう。

そんなこともわからないのか、馬鹿だなあ——と、ともすれば顔に出そうになるのを、相手が誰か思い出す度に慌ててあらためている。

その上でニコラは正直な心情を吐露した。

「とにかく……放っておけないんだよ」

「なんでだ？　脅迫なんて応じるか突っぱねるか、普通どっちかしかないぜ」

「だからどっちもまずいんだってば。突っぱねても応じても父親の命に関わる問題になるんだから」

「そうなの？」

「わかんないけど……多分」

「親父さんが死んだら困るわけ？」

　誰にとっても当たり前すぎる質問をレティシアは至極真面目に問いかけ、答えるほうも真剣だった。

「困るよ。すごく」

「だったら話は簡単だ。警察に全部話せばいい」

　ニコラはまた反射的に蔑《さげす》むような顔になりかけた。

　これだけ言ってもわからないのかと嘲《あざけ》る顔だが、大急ぎで自分の表情を修正した。

「あのさ、死ぬよりは逮捕されたほうがましだって言いたいのかもしれないけど、そう簡単じゃないよ。父親がどんな弱みを握られてるのか知らないけど、かなりまずいことだと思うんだ」

「そりゃあそれなりの地位にある親父さんが心労で倒れるくらいだから、やばいんじゃねえの」

　ざっと考えつくのは汚職、女性関係、悪くすれば過去の犯罪歴——それこそ殺人などだ。

　ニコラは慎重に話し続けている。

「ぼくは別に父親が聖人君子だなんて思ってないし、正攻法だけで今の地位についたとも思ってないよ。だけど、父親の醜聞が明るみに出るのは困るんだ。父親が世間に糾弾されることになる」

「親父さんが死ぬのは困るけど、それと同じくらい親父さんの評判が地に墜ちるのも困るわけだ？」

「当たり前だろ。父親が失脚したら、ぼくと母親が路頭に迷うじゃないか」

　レティシアが微笑したのはこの恐ろしく利己的な主張にではない。

　十四歳で『路頭に迷う』なんて言葉を使えるとは、さすがは十二歳で大学に入った秀才だと思ったのだ。

「要約すると、親父さんが誰かに脅迫されている。

ただし、それが誰なのかも脅迫の材料もわからない。向こうの要求を呑むのは問題外。そういうことか」

溺《おぼ》れる者は藁《わら》をも摑《つか》む。そんな顔でニコラは頷き、そっとレティシアを窺ってきたのである。

「犯人は誰か、父親がどんな理由で脅されてるのか、見当……つかないかな？」

「無茶言うな。俺は親父さんについて何にも情報がないんだぜ」

「それはわかってるけど……」

「おまえの希望は？」

「えっ？」

「親父さんが誰かに弱みを握られて脅迫されてる。――で、具体的にどうしてほしいわけ？」

ニコラは怯《ひる》んだ。狼狽《うろた》えてもいたが、思いきって、しどろもどろになりながら訴えた。

「それは、その……父親が脅迫されなくなることと、警察に捕まらないですむことと、このことが世間に知られないようにすることだよ」

「俺にその『お願い』を聞いてやる義理がないのは知ってるな？」

ニコラは恐る恐る頷き、遠慮がちに言ってきた。

「わかってる。無理にとは言わないよ。本当に他に頼れる人がいないんだ。お礼は今はできないけど、ぼくが大人になったら必ずするよ」

十四歳にして選良《エリート》意識と横柄《おうへい》な態度が染みついたニコラにしては恐ろしく殊勝な言い分である。

レティシアは先程から奇妙な違和感を感じていた。かつてのニコラなら、殺人者というレティシアの弱みを握ったつもりになって、無理にでも恐怖心を押し隠して、ぼくの言うことを聞かないと損だぞとふんぞり返ったはずだ。その代わりこっちの要求を呑んでくれれば悪いようにはしないと、これからも仲良くしようよと、口止め料を兼ねた多額の報酬をちらつかせて強引に引き受けさせようとしただろう。

この少年はそういうやり方しか知らないのだ。

にも拘《かか》わらず、至って素直に父親の窮状《きゅうじょう》を語り、困っているから助けて欲しいのだと素直に打ち明け、無理強《じ》いするつもりはないとまで言う。

思い当たってレティシアは小さく吹き出した。

「おまえ、俺のところへ来る前に、アイクラインの王妃さんのところに行ったな？」

断定的に言われてニコラがぎょっとなる。

「なるほどなあ。俺よりまだあの王妃さんのほうがましだと思ったわけだ。見当違いもいいところだぜ。そこでこっぴどく締め上げられたか」

気まずそうな顔で、ニコラはぼそりと言った。

「あの子にじゃないよ……」

「銀色のほうか？」

レティシアが八人を殺害し、ニコラの足を撃った現場にはリィもいた。

足を撃たれて激痛に苦しむニコラを前にしながら、見た目いかにも可愛らしい中学生と高校生の二人は『重要な証人だから生かしておく』『それは危険だ、殺しておいたほうがいい』という議論を大真面目に繰り広げたのである。

あの時は本当に生きた心地がしなかった。

思い出せば少し前の自分たちも同じようなことをやっていた。下っ端のニコラは参加させてもらえず指をくわえて眺《なが》めているだけだったが、デュークと仲間たちは麻酔を掛けた失業者を切り刻みながら、なるべく長く生かしておく努力をしていた。

デュークたちがなぜこの犯行に及んだかと言えば、医学部での成績を上げたかったということもあるが、本当の動機は『自分たちは普通の人間にはできないことをやっているのだ』という特権意識と優越感を味わいたかったのがもっとも大きいだろう。

ニコラもその一人だった。

大人を騙《だま》すのも法の網をかいくぐるのも簡単だと高をくくっていた。

事実、今までニコラは思い通りに周囲を動かし、人を欺いては陰で笑ってきたのである。

ところが、レティシアとリィにはその『常識』がまったく通用しなかった。ニコラは生まれて初めて完膚《かんぷ》無きまでに叩きのめされたのである。

撃たれた傷の激痛もあり、しばらくは恐ろしくて恐ろしくて仕方がなかった。思い出すだけで身体が震え、壁の向こうにも二人の眼が光っているような気がして夜も眠れず、しばらく一人になれなかった。

取り調べの警察官が感じたニコラの恐怖は間違いなく本物だったのである。

しかし、喉元《のどもと》過ぎれば何とやらのたとえもある。

八人を立て続けに殺害したレティシアに比べれば、リィは誰も殺していない。加えて年下の中学生だ。

ニコラは昔から——それこそ物心ついた頃から、同い歳の子どもはもちろん、二つ三つ上の少年でも子どもっぽすぎて話にならないと鼻で笑ってきた。

大学に入って六歳年上の同級生と話すようになり、初めてまともな会話ができると実感したが、正直なところ、それでも物足らなかった。

だからデュークの仲間に加わったとも言えるが、自分のほうがあの子より頭がいいのは間違いない。

レティシアにはとても歯《く》が立たない、恐ろしくてたまらないが、これなら与しやすいはずと判断して、ニコラは放課後のフォンダム寮を訪ねたのである。

突然の訪問者に驚いたのはリィも同じだ。

どうしてニコラが自分に会いに来たのか、純粋に不思議がっている顔だった。

「あれえ？」

首を傾げたその姿にはあの時のような強い敵意は感じない。その事実もニコラに力を与え、人の眼があるので最初はあくまで控えめに切り出した。

「話があるんだけど、いいかな？」

「いいけど、なに？」

「ちょっと……外に出ないか」

話の内容が憚《はばか》られる上、二人きりで狭いところで話すのはやはり恐かったのだ。

向かったのはフォンダム寮近くの遊歩道である。

足下には色とりどりの煉瓦《れんが》が敷かれ、道の横には膝の高さに沿って細長い花壇《かだん》が設置されている。

　道は曲線を多用しており、道端のところどころに休憩所が設けられている。美しいモザイクタイルで飾られた石の長椅子《ベンチ》は眺めているだけでも楽しい。

　ニコラはそこにリィと並ぶ形で腰を下ろしたが、慎重に距離を開けるのは忘れなかった。

　道路の反対側にはニコラの家の運転手が黒塗りの車で待機しているし、ここなら誰か近づいてくればすぐにわかる。その事実に安心して話を切り出した。

「父が少し困ったことになっている。大人の判断と対処能力が必要な状況なんだ。秘密裏に処理できる人を探してるんだけど、誰か紹介してくれないか」

　リィは宝石のような緑の瞳《ひとみ》をきょとんと丸くして、不思議そうに問い返した。

「何を言ってるのか、わかんないんだけど？」

「とぼけるなよ。協力してくれれば、きみのことは誰にも言わないさ」

「おれのこと？」

「そうさ。きみも彼の仲間だろう」

「彼って、レティー？」

　リィとニコラの接点といったらレティシアだけだ。名前を聞いただけで当時の恐怖が蘇《よみがえ》ってくるが、ニコラは敢《あ》えて突っ張った。

「そうさ。ぼくはあの事件の真相を知っているんだ。彼が人殺しだとわかったら困るんじゃないのか」

「うーん……確かに、それは困るな」

「このことがばれたら彼だけじゃない。きみだって身の破滅なんだ。黙っていて欲しかったら協力したほうが得だぞ。もちろん謝礼もたっぷりする。悪い話じゃない。断る理由は何もないと思うけどな」

　余裕たっぷりに相手を見下す態度で話しながら、その実ニコラは冷や汗を掻《か》いていた。

　すぐそこにちょこんと腰を下ろしているのは一見、とても可愛らしい少年である。

　男の子なのにレティシアはなぜかこの子のことを『王妃さん』と呼んでいた。

眩《まぶ》しい金髪と華やかな美貌《びぼう》は確かに女の子にしか見えない。人は天使のようと称《たた》えるかもしれないが、目の前で八人もの人間が血まみれの死体になったというのに、この子は顔色一つ変えなかった。

レティシアと同様、この少年も普通ではない。

怪しげな世界と関わりがあるのも間違いないが、ニコラはあくまで自分の優位を保たねばならないと思っていたし、その姿勢を貫こうとした。

ニコラの感覚では相手に見下されたらその時点で負けだからだ。

その時、いつの間に近づいていたのか、中学生が笑顔で挨拶《あいさつ》してきたのである。

「こんにちは、リィ」

「やあ、シェラ」

その子を見てニコラは息を呑んだ。

玉のような白い肌に月光にも似た銀の髪、菫《すみれ》の瞳。

これまたずばぬけて美しい、ニコラが見たこともないような美少女だった。

「お話ですか？　わたしも混ぜてください」

だめだと言う暇もなかった。

その子はニコラを挟むように石の長椅子に座ると、自然な仕草で石の背もたれに手を這《は》わせた。指先がニコラの身体に近づき、そしてニコラは首の後ろにちくりとした感触を感じたのだ。

驚いて見ると、シェラは花のような口元に優しい微笑を、菫の瞳に氷のような光を浮かべて言った。

「少しでも動いたら延髄《えんずい》を刺し貫きますよ」

鋭い眼光と口調でわかった。男の子だ。

その子が自分の首に何か尖《とが》ったものを押し当てて脅している。反射的に身じろぎしたが、途端、首の後ろに鋭い痛みを感じてぎょっとした。

「動くなと言ったはずです。それとも本当に刺して欲しいんですか」

にこやかな笑顔が実に恐ろしい。それ以上に首の後ろにじわじわと広がる痛みが恐ろしい。

「あなたは大学で医学を勉強していたのですから、

この急所を貫かれたらどうなるかご存じですね」

もちろん知っている。

まさにデュークたちが実験していたことだ。

真っ青になって震え始めたニコラの身体を挟んで、リィがごく普通の口調で訊いた。

「それって、ひょっとして死んだりするのか？」

「確実に死にます。わたしは玄人《プロ》ですよ、リィ」

物騒なことをさらりと言ってのけ、シェラは顔をしかめてニコラを見た。

「あなたのお友達が切り刻んだ死体を見ましたが、まあ汚《きたな》らしいというか芸がないというか、あれほど下品な仕事ぶりを見たのは初めてです。人の身体の仕組みを調べたいなら、あんなに散らかさなくてももっと効率的なやり方が他にいくらでもありますし、殺すだけなら針一本で充分です」

ニコラの全身の毛穴からどっと汗が噴き出した。

この子も仲間だったのかと悔《く》やんでも遅い。

既にぴくりとも身体は動かず、声も出せない。

ニコラにできるのは救いを求める眼を車に向けることだけだが、これでは運転手には伝わらない。

傍目《はため》には中学生の子どもが三人、おしゃべりしているようにしか見えないはずだからだ。

リィがたしなめるように言う。

「シェラ、それはまずいからやめとけって。こんなところで人が死んだら大騒ぎになる。警察に面倒なことをいろいろ聞かれるのは一度でたくさんだよ」

「わかっています。ですから殺したりはしません。すぐにあの男に連絡してください」

「レティー？　なんで」

「あの男なら詳しい方法を知っているはずですから。わたしは医学は専門外ですので、残念ながら身体を殺さず脳だけを破壊する方法には詳しくないんです。脳を数分間酸欠状態にすることなら簡単なんですが、これだとごく稀《まれ》に回復する例があるそうなんですよ。それは困ります。確実に植物状態にして、なるべく痕跡《こんせき》を残さないようにする必要があります。ここは

やはり専門家の意見を求めるべきでしょう」

シェラは再びニコラに視線を移して微笑した。

「命は取りません。それだと騒ぎになりますから。代わりに口をきくことも意思表示もできないようにするだけです。ご存じですか？　こちらの法律ではそれをやっても殺人にならないんですよ」

悲鳴を上げて逃げ出したいのに、ニコラの身体は硬直して動かない。わなわな震えているだけだ。

リィは困ったような焦ったような慌てたような、珍しくも複雑な表情でシェラを制止した。

「えーっと……シェラ。おれが言うのも何だけど、あんまり手荒なことはしないほうがいいっていうか、もうちょっと穏便に……」

「聞けません」

きっぱりと言い切られて、リィが首をすくめる。

「この人はあなたを脅迫しました。見逃せません」

「いや、まだ何も言われてないけど……」

「あの事件の時、こんなものは殺しておいたほうがいいのにと言ったのはあなたでしょう」

「そんなこと言ったっけ？」

「おっしゃいました、間違いなく」

言葉は丁寧《ていねい》でも、態度は断固たるものだ。

「この人のほうからわざわざ来てくれたのですから、ちょうどいい機会ですよ」

リィはほとほとお手上げの仕草で手を広げた。

「だけど、携帯端末なんか持ってないぞ」

「この人は持っているでしょう」

中学生には扱えない道具だが、以前は飛び級して大学に通っていたニコラが持っていないはずがない。

シェラの視線に促《うなが》されたリィが嘆息《たんそく》してニコラの身体に手を伸ばし、ここでとうとうたまりかねて、ニコラは悲鳴を上げた。

「や、やめてよ！」

硬直した身体には力が入らないから、大きな声は出せない。蚊《か》の鳴くような声での嘆願になったが、もちろんリィが聞くはずもない。

「……って言われてもなあ。今ちょっと逆らえない雰囲気だし、シェラの言うことも一理あるし……」

「一理ですか？　せっかく警察が被害者と認定してくれたのに、のこのこあなたの前に現れて、黙っていて欲しければ協力しろと愚《おろ》かな脅迫をしてくる。こんな目障りなものを放置してはおけない、早急に片づけなくてはならないと考えたわたしは間違っていますか」

　リィは降参して両手を上げた。

「間違ってません。わかりました。今回は全面的にシェラが正しい」

「言わないよ！　誰にも言わないから！」

　助けて――！　とニコラは自由の利かない身体で必死に訴え、シェラはほとんど慈愛に満ちた笑顔でニコラに話しかけたのである。

「知らないんですか。一度嘘をついた人はまた必ず約束を破るんですよ」

「嘘じゃないよ！　こ、今度だって……」

最初から言うつもりなんかなかったと泣き叫ぶと、リィが顔をしかめて尋ねてきた。

「じゃあ、なんで下手《へた》な脅し文句を持ち出した？」

「違う！　本気で言ったんじゃない！　あ、あれはただのとっかかりで、そこから話をもちかけようと思っただけなんだから！」

　ニコラの身体ごしにリィとシェラは顔を見合わせ、二人ともちょっと苦笑した。

「話がしたいんなら最低限の礼儀は守れよ」

「大学まで行きながら口のきき方も知らないとは、嘆《なげ》かわしい限りです」

　ニコラの首の後ろから痛みが引いた。

安堵《あんど》と解放感がどっと襲いかかってくる。

激しい脱力感に目眩《めまい》さえ覚えながら、咄嗟《とっさ》に首に手をやってみたが、血も滲《にじ》んでいない。

　恐る恐るシェラを見ると、お手製の裁縫《さいほう》セットにまち針を戻している。

　こんなものが自分の命を奪うところだったのかと、

ニコラは茫然《ぼうぜん》とその『凶器』を見つめてしまった。

ニコラにはある程度の医学の知識がある。

専用の刃物とは比べものにならない玩具のような代物だ。人の肉体とは案外頑丈なものにできていて、こんな安っぽいお粗末な針では皮膚《ひふ》を傷つけるのがせいぜいだ。致命傷を与えられるとは思えないが、紫の瞳が今度は本当に微笑している。

「目には目を歯には歯をです。そちらが脅迫で話を進めようとするのならこちらも同じ手法で返します。少しは身に染みましたか？」

「今度は普通に話せよ」

そこでニコラはやっと、この二人がわざと自分を脅していたことに気づいたのである。

呆気《あっけ》に取られたが、まったくの脅しではない。

それはシェラの顔を見ればわかる。

自分がその気になればニコラを黙らせることなど簡単なのだと、それを踏まえた上で何も包み隠さず正直に話せと、言葉ではなく態度で警告してくる。

ニコラは震えながら、父が脅迫されていること、警察には言えないこと、それでは父の秘密が世間に晒《さら》されてしまうことを打ち明け、聞き終えた二人は呆れて言った。

「最初から、困っているから助けてくれって言えば済むことじゃないか。それを黙っていてやるだの、報酬を出すだの、馬鹿だなあ」

「おかげで、もう少しであなたをただでは帰せなくなるところでしたよ。堂々と乗り込んでくる度胸は感心しますけど、あまりにも底が浅い。浅すぎます。そういう人のことを愚か者と言うんですよ」

年下の少年に知性を馬鹿にされるという屈辱《くつじょく》に、ニコラは完全に打ちのめされた。

さらにリィの言葉がとどめになった。

「話はわかったけど、おまえの力にはなれないな」

ある程度、予想していた答えではあった。

だからこそ弱みを突いて報酬を申し出たのにと、ニコラは臍《ほぞ》を噛《か》んだが、次の言葉に仰天《ぎょうてん》した。

「そういうことならレティーに頼めばいい」

「な、な、なんで⁉」

「おまえを殺しておくべきだって言ったのがおれで、生かしておくことに決めたのがレティーだからさ。おまえ、最初から人選を間違えてるんだよ」

「意味がわからないよ！」

ニコラは血相を変えて食い下がった。

「そ――そんなことできるわけないじゃないか！」

シェラが言う。

「でしたら、公的機関を頼ればいいでしょう」

「だからそれだけはできないって言ってるだろう！馬鹿じゃないの！」

腹立ち紛《まぎ》れに思わず叫んだニコラだが、シェラは極上の笑顔でにっこり微笑《ほほえ》んだ。

「逆にお尋ねしますが、あなたのその頭に脳味噌は入っているんですか」

たちまち恐怖に竦《すく》んでニコラは口をつぐんだ。

こちらの立場が圧倒的に弱いのだ。慎重にものを言わなければならない。それはわかっている。

今までのニコラは自分の本性を知らない相手には内気そうな少年を装って下手に出ながら、腹の中で相手を嘲笑《あざわら》ってきた。

しかし、『いい子』の振りをしなくてもいい相手（たとえばデュークたち）には常に横柄に尊大に振る舞ってきたのである。向こうも尊大だったから何の問題もなくうまくやっていたが、この少年たちにはそれが通用しない。

それどころか、ニコラが今まで誰にも求められたことがないもの、自分の気持ちを正直に話しながら、相手に礼を尽くすという難題を要求してくる。

黙ってうつむいてしまったニコラにリィが訊いた。

「レティーが恐いか」

「……当たり前だろ」

「じゃあ、よく効くおまじないを教えてやろうか」

「なに？」

思わず救いを求める顔になったニコラに、リィは身を乗り出して言ったのである。

「レティシアは絶対におまえを殺さない」

ニコラは呆気に取られてリィを見返した。

何を言われたのか本当に理解できなかったのだ。

眼を丸くして固まっているニコラに、リィは再び、根気よく言い聞かせたのである。

「嘘じゃない。レティーはおまえには何もしない」

ニコラの顔に浮かんだのは驚きではなく怒りにも似た表情だった。憤然《ふんぜん》と吐き捨てた。

「馬鹿じゃないの。それを信じろって？」

「信じる信じないはおまえの勝手さ」

リィは肩をすくめて笑っている。

「だけど、掛け値なしに本当のことだ。おれたちがおまえに手を出さないのも同じ理由だ」

シェラも微笑して頷いた。

「あなたを片づけることならいつでもできるんです。それをやらないのはなぜだと思います？」

「おれの理由は『面倒くさいから』だ」

「わたしの理由は『リィがそう言うなら』です」

「――で、レティーの理由は多分『その必要を感じない』ってところだ。おまえが害になると思ったら、あいつはとっくにやってるはずだからな」

ニコラにはわけがわからなかった。

混乱する頭で何とか考えをまとめようとしたが、こんな事態は激しく彼の手に余るものだった。

悶々《もんもん》と悩んだ末、正直な疑問を口にした。

「ぼく、信用されてる――わけじゃないよね？」

「それがわかる程度の頭はあるんだな。――そうさ。信用っていうのは相手が自分と対等だと認めた時に使う言葉だ。だから、おれはレティーを信用してる。あいつも多分、おれを信用してる」

「…………」

「おまえは小者すぎてレティーからするとまともに相手なんかできないんだよ。ただ……見極められているとは思うけどな」

「どういう意味？」

「だっておまえ、生きてるじゃないか」

そんなことをものすごく感心したように言われて喜べるほど強靭《きょうじん》な神経はニコラにはなかった。

「あいつがその気ならとっくにおまえをやってる。それこそ一瞬だぞ。事故に見せかけることも簡単だ。その一手間を掛けないでいるってことは、そもそもやる気がないってことさ。だったら、びくびくする必要もないと思うけどな」

これまたちっとも喜べない言い分である。

だが、この子には自分を害する気はないらしいとニコラは敏感に察した。その事実にちょっぴりだけ安心して、ぽつりと呟いた。

「結局、ぼくはどうすればいいのさ……？」

「普通に会って話せばいいだろう」

そこがわからないのだ。ニコラの感覚ではリィに対してもずっと『普通』に話していたからだ。

これ以上どうすればいいのかと、ニコラは途方に暮れた表情で問いかけ、解決法を求められたリィも不思議そうな顔でニコラを見返している。

シェラのほうが察しがよかった。

「この人は今まで人と話す時はそういうやり方しかしてこなかったんでしょうね」

「そういうやり方って？」

「常に自分を優位に置いて、相手の弱みを突いたり脅したりして高飛車に振る舞う話し方です」

「それじゃあ、まとまる話もまとまらないだろう」

「まとめるつもりは最初からないんですよ、相手が同じタイプならなおさらです。押し負けないように力ずくで強引に論破するだけです。他人との会話はすべてにおいて勝つか負けるか、どちらかしかない。この人はそういう話し方が普通だと思っているので、あなたの言う『普通』が理解できないんですよ」

「よくわかるな？」

「自分は頭がいいと勘違いしているお馬鹿さんなら、何人も見てきましたので」

ニコラもその一人だと言いたいわけだ。

「……ぼくのどこが馬鹿なんだよ」

「わからない点を質問する姿勢は評価できますが、教えたところであなたには理解できないでしょう。ただ、あなたはあの男に助けてもらったのですから、お礼を言ってもいいくらいだとは思いますよ」

　ニコラは飛び上がった。

「お、お、お礼⁉　レットに！」

「そうですよ」

「レットがぼくを助けたって！　どういう冗談⁉　殺されかけたんだよ！」

「いいえ、あの男はあなたの足を撃っただけです」

「どこが違うんだよ！　同じことじゃないか！」

　シェラの顔に軽蔑《けいべつ》の表情が浮かんだ。

「あなた、正真正銘の馬鹿ですか」

　どっちがだよ！　と、ニコラが叫ばなかったのは上出来である。

「殺されかけた？　あなたを殺そうとしてやめた、気を変えたとでも思っているんですか、あの男が？　あり得ません。現に他の犯人たちはあっという間に片づけたのでしょう」

　リィが頷いた。

「不謹慎《ふきんしん》だけど、ああいうのを神業《かみわざ》って言うんだな。あんな真似はおれにも無理だ」

「お手本に使われたくらいですからね」

「殺し方の？」

「極限なまでに素早く美しい仕事のだそうですよ。幸か不幸か、わたしは見たことはありませんが」

「見ても意味がないと思うぞ。気持ちはわかるけど、あれをお手本にしたところで誰にも真似できない」

「ええ。ですけど、第一人者の実践《じっせん》が後進の指導に使われるのはどこの世界でも同じですよ」

　これが自分より年下の少年たちの会話とは、到底思えなかった。聞くに堪えない会話でもあった。

　あの時のことを思い出すだけでニコラの身体には戦慄《せんりつ》が走る。

　仲間のデューク、アンディ、ブラッド、マット。

正直言って、彼らのことは好きではなかった。

デュークにはまだ一目置いていたが、他の三人は年上だというだけで無闇《むやみ》やたらと威張り散らして、何かにつけてニコラを見下す態度を取っていた。

それが許せなかったし、不満でもあった。

それでも、たった今まで普通に話していた相手がほんの数分間に次から次へと血しぶきを上げて倒れ、物言わぬただの物体と化したのである。

人の死とは何か——人が死ぬとはどういうことか、ニコラはそれまで真の意味で実感したことはない。

直接手を下したことはなくても、デュークたちが失業者を生きたまま解剖するのを何度も見てきたが、その時は何の感慨《かんがい》も湧かなかった。ただ心拍停止と脳波の停止を見て『死んだな』と判断してきたが、それは単に頭で知ったつもりになっていただけだ。

皮肉にも眼の前で行われた惨劇によってニコラは生まれて初めて『死』という現実を、その絶対的な恐怖を思い知らされたのである。

しかも、レティシアは被害者になりますために、自分で自分を斬った。出血多量で緊急手術が必要になるほど徹底的にだ。

顔色一つ変えずに人を殺せるだけでも驚きなのに、あの状況で冷静に事後工作をやってのける。

レティシアがつくり出した死以上にニコラはその事実に恐怖していたのだ。恨《うら》めしげに呟いた。

「どれだけ恐かったと思ってるんだよ……」

「だからこそですよ。あの男に撃たれなかったら、あなたは今頃、連続殺人事件の共犯者として警察に捕まっていたはずです」

リィにも意味がわからなかったらしい。ニコラの身体ごしに興味深げな眼をシェラに向けてきた。

そのニコラはいったい何を言い出すのかと疑問の顔つきでシェラを凝視している。

「あなたは今まで自分の頭の良さを得意に思って、周囲の人々を手玉に取ってきたのでしょう。大人を騙すのなど容易《たやす》いとせせら笑っていたのでしょうが、警察官はそうはいきません。彼らはあなたより頭は悪いかもしれませんが、嘘をつく人間を山ほど見てきた嘘を見破る玄人《くろうと》です。これまでの大人を相手にするような調子で空々しく被害者を演じたところで、そんな芝居《しばい》には決して騙されなかったでしょう」

「なんでそんなことがわかるのさ」

「わかりますよ。少し話しただけでもあなたの底の浅さが知れますからね。その程度ではとてもとても、熟練した警察官の眼は欺けません」

リィが口を出した。

「だけど、現にこいつは釈放されたんだろう？」

「ええ。つまり警察官はこの人が感じていた恐怖は本物だと判断したんですよ。実際、この人は当時、正真正銘の命の危険を感じて震え上がっていた」

もちろんニコラが恐れていたのはレティシアだ。

警察官にはそこまではわからない。だが、本職の彼らは『これは演技ではない、この少年は心底から怯えきっている』と正しく見抜くことはできる。

「真の恐怖を感じていたからこそ、あなたは警察に疑われることなく、殺人の仲間に加わることを強要された被害者に成り果《な》せたんです。足を撃たれずにいたら、あの男の恐ろしいまでの手際の良さを目の当たりにしなかったら、『同級生に脅迫されました、恐くて逆らえなくて無理やり手伝わされました』という口先だけの言葉に真実味が生じるはずもない。警察官が疑問を抱くには充分です。そして矛盾《むじゅん》を突かれたら、あなた程度の頭では必ずぼろが出ます。あの男は恐らくそこまでを見越して、あなたを震え上がらせるためにやったのでしょう」

リィが感心したように言う。

「全部、計算済みだったのか」

「あれはそういう男ですよ。ご存じでしょうに」

シェラはちょっと皮肉っぽく笑ってリィを見ると、ニコラに視線を移した。

「警察に対する証人として使うためだったとしても、結果的にあなたはあの男に命を救われた。本来なら刑務所へ入れられたはずなのに、今も大手を振って外を歩いていられるのだから、人生まで救われた。お礼の一つも言っていい状況だと思いますよ」

「もしかしたら、おまえ案外あいつに信用されてるのかもしれないぞ。おまえは性格悪いから、警察に駆け込んだりしないって踏んだのかもな」

それを信用と言えるかどうかはまた話が別だが、シェラも頷いた。

「わたしもその意見に賛成ですね。一度はこうして生かしたのですから、あの男は今さらこの人を手に掛けることはないと思います。もちろん、この人が何もしない限りはですけど」

「同感だな。——だから今の話、あいつのところへ行って直接してみろよ」

「ひ、他人事だと思って……何とかしろよ！」

悲鳴を上げたが、二人は眼を丸くしてきょとんとニコラを見た。

「困っているのはおまえだぞ。おれたちじゃない」

「そうですよ。ご自分で何とかしなさい」

「金を出して大人を頼らなかったのは褒《ほ》めてやるよ。これからやろうとしてるなら、それはやめておけ。後ろ暗い過去のある大人はおまえみたいな子どもにおとなしく使われてくれたりしないもんだ。報酬がよければなおさらさ。現におまえのお仲間はそれで弱みを握られて強請《ゆす》られそうになったんだ」

「そうですよ。あなたのお父さまの地位が本格的に危なくなるだけです」

微笑したシェラはもの慣れた教師のような口調で、諄々《じゅんじゅん》とニコラに説いて聞かせた。

「あなたには何が普通か理解できないようなので、ちゃんとした口のきき方を教えて差し上げましょう。人と話す時はまず礼儀を守ることです。特に命令や強要は厳禁ですよ、威張るのも恩着せがましいのも問題外です。先程のような脅しに至っては論外です。もう一つ、子どもであることを逆手にとっての弱いふりや泣き落としもおやめなさい。あの男がそんなお子さまの猿知恵に騙されてくれる相手かどうか、その空っぽの頭で考えてもわかるでしょう」

容赦《ようしゃ》のない言葉がぐさぐさ突き刺さる。

だが、ニコラは人並み以上に知能は高かったので、シェラの言葉を正確に理解することができた。

問題は、今の注意点を全部守るとニコラには話す言葉がなくなってしまうということだ。

そこまではシェラの知ったことではない。

「それと、この会話を録音でもしているのでしたら破棄することをお勧めしますよ」

ニコラは顔には出さないように懸命に努力したが、内心ぎくりとした。事実だったからだ。

リィがのんびりと言う。

「普通の人間はこんな非現実的な話を聞かされても本気にしない。第一それは脅迫の材料にはならない。おれたち以上におまえが困る羽目になるからな」

「あなたにこの会話を公表できない弱みがある以上、記録するだけ無駄です。公表されてもわたしたちは困りません。全部お芝居の練習だと言いますから」

リィが大げさに笑った。

「それはちょっと脚本に無理があるんじゃないか」

「人間の心理というものは不思議なものでしてね。話の内容より声の調子や高低に重きを置くんです。わたしとあなたの口ぶりは人を脅しているようには聞こえないはずですよ」

「そりゃあそうだろう。現に脅してないんだから」

シェラはニコラを見て美しい顔で微笑した。

「あなたは仮にも大学まで行ったのですから、この録音を持って警察に駆け込んだりはしないでしょう。単なる保険として記録したのでしょうが、こちらがどう思うかを考えてからやるべきですね。あの男も録音自体はさほど問題にしないはずです。ただし、あなたの心証は確実に悪くなりますよ」

本当に優しい声と笑顔というものは、大声を張り上げて恫喝《どうかつ》されるより遥かに恐ろしいものなのだと、ニコラは骨の髄まで実感させられた。

「リィ、行きましょう。そろそろ夕食の時間です」

「じゃあな」

何事もなかったように去る二人を茫然と見送って、ニコラは震える手で録音機器を取り出し、今までの録音を消去し、這々《ほうほう》の体《てい》で車に戻ったのである。

その後、じっくり考えたニコラは恐る恐るながらレティシアに近づこうと試みた。

以前の同級生から彼の予定を聞き出し、大学にも行ってみたが、声を掛けるどころではない。

遠目に彼の姿を見かけただけで動悸《どうき》がする有様で、どうしても近づけなかった。

しかし、今朝、父が倒れた。もう猶予《ゆうよ》はない。

リィが言ったあのおまじない『レティシアは絶対ぼくを殺さない』を心の中で延々《えんえん》と繰り返しながら、レティシアが何を要求しても可能な限り呑む覚悟で、自分の足でエクサス寮を訪ねたのである。

ニコラはこうした自分の心の動きは黙っていた。

一方、レティシアは興味を持った顔つきで尋ねた。

「親父さんは今どうしてる？」

「普通に仕事に行ってるよ」

「土日は？」

「そりゃあ、休みだけど」

「家にいるのか？」

「うん。今度の週末はいる予定だよ」

「じゃあ、次の土曜におまえん家《ち》に遊びに行くわ」

ニコラは今度こそ宙に飛び上がった。

「ぼ、ぼくの家⁉　なんで！」

「何でって、親父さんを何とかして欲しいんだろう、まず様子を見なきゃどうしようもないぜ」

ニコラは犬を突き付けられた猫さながらに全身の毛を逆立てている。

リィに話をしようと思い立ったのはレティシアの同類だと思ったから——デュークと同じく怪しげな裏の世界とつながっていると思ったからだ。

しかし、望んだのはあくまで『誰か』を紹介してもらうことだ。まさか本人が乗り出してくるなんて想像もしていなかった。

「な、何とか……してくれるの？」

一縷《いちる》の望みを託しながらも、ニコラの声には懐疑的な響きが強く現れていた。

自分で頼んでおきながら、一文の得にもならないことをなぜ引き受けるのだろうと、顔中に疑問符を浮かべている。

常に損得勘定《かんじょう》で物事を判断するニコラには利がないのに人が労力を払うのが信じられないのだ。

「約束はできねえな。そもそも何を勘違いしてるか知らんが、俺は足を洗った身なんだ。だから仕事はしない。現役だったとしてもおまえみたいな小僧《ガキ》の依頼は受けねえよ」

「じゃあ……なんで？」

「理由が必要か？」

ニコラは恐る恐る頷き、レティシアは首を捻《ひね》って答えを見つけ出したのである。

「理由ねえ……。そうさな、ただの暇つぶしかな」

暇つぶしとは何だ！　父親の人生と自分の将来が懸かっているんだぞ！　とはニコラは言わなかった。言えなかったのだ。

「それと、俺が行くまでに親父さんの強請《ゆすり》のネタが何なのか手がかりくらいは探っとけよ」

「ど、どうやって……？」

「そのくらいは自分で考えろ。いっそ、親父さんに直接聞いてみるってのはどうだ」

「冗談！　できるわけないだろ！」

「おまえもちょっとは頭を使え。訊き方ってものがあるだろうが。父親にカマをかけて、どんな答えが返るか、どんな反応をするか、顔色を読むんだよ」

「無理だよ、そんなの！」

思わず叫んだニコラだった。

「だって具体的に、こういう顔色の時はこの原因のせいで、こんな顔色の時はこの原因だからなんて、決まった法則があるわけじゃないだろ」

いかにも優等生の言いそうなことである。

「頭でっかちの小僧《ガキ》の言い分だな。あんまり難しく考えるなよ。強請のネタなんて案外単純なもんだ。金か女か過去の犯罪、だいたいそんなとこだぜ」

週末までにその目星をつけねばならない。

十四歳のニコラにはかなり難しい宿題である。

何より連続猟奇殺人犯以上に危険な相手を自宅に招いて両親に会わせなくてはならないという事実にニコラは冷や汗を掻いていた。

2

土曜の午後、レティシアはニコラの家を訪問した。

住所は郊外の戸建てで、近くにはバス停もない。やむなく無人タクシーで行ったが、ペレリク邸は大層な豪邸だった。いっそのこと城と言ったほうがしっくりくるような佇《たたず》まいである。

敷地も広く、街中の屋敷と違って門扉がない。官僚というものはそんなにも儲《もう》かる商売なのかと密かに感心したが、もともとが資産家なのだろう。

玄関で来訪を告げると、これだけ広い屋敷なのにほとんど間をおかずに扉が開いた。

出迎えてくれたのは、やけに愛想のいい若い男で、嬉《うれ》しそうに話しかけてきた。

「やあ、いらっしゃい。ニコラから話は聞いてるよ。レティシア・ファロットくんだね。ぼくはペレリク総合事務局次長の秘書のロニー・マジソンだ」

レティシアは軽く頭を下げて挨拶した。

「どうも――。えっと、今日はなんで?」

休日の自宅に秘書が待機している状況を不思議に思って尋ねると、マジソンはおもしろそうに笑った。

「ぼくはここに住まわせてもらってるんだよ」

それにしたって――とレティシアは眼を丸くした。

「休みもなしですか?」

「そんなことはないよ。今日はたまたま休日出勤で、休みならちゃんともらっているからね。ご心配なく。さ、どうぞ」

「お邪魔します」

再びぺこりと頭を下げて中に入る。

眼の前は吹き抜けの広間になっていた。その奥に階段がある。大理石の床には豪華な絨毯《じゅうたん》が敷かれ、広い空間には長椅子や飾り棚がさりげなく配置され、華麗で豪奢な雰囲気を演出している。

レティシアはこうした装飾品には詳しくないが、高価《たか》そうなものだと見て取った。

緻密な織りで有名なガンシャッダイ、骨董《こっとう》家具の最高峰のファデリカといった商標名《ブランド》は知らなくても、こうした品物の値打ちを見抜く勘には自信がある（相手の生活水準《レベル》を知るのに重要な要素だからだ）。

感心していると、三十半ばくらいの女性が奥から出てきてレティシアに微笑みかけながら頭を下げ、マジソンには眼は微笑しながらもわざと鹿爪《しかつめ》らしい顔で抗議した。

「困りますね。わたしの仕事を横取りされては」

「すみませんね。ちょうど玄関近くにいたんですよ。この人はオブライエンさん。この家のすべてを取り仕切っている女性版執事さんだよ」

「家政婦のヒルダ・オブライエンです。ようこそ。奥さまがお待ちかねです」

「案内はぼくがしますよ、オブライエンさん。この子はニコラのお客さんですから」

マジソンはレティシアを二階にではなく、階段の右手に案内した。

「ニコラが友達を家に招待するのは初めてだからね。メイヤー夫人が張り切っちゃって大変だよ」

ここはペレリク夫妻の家のはずだ。レティシアはちょっと考えて、慎重に質問を投げかけた。

「お手伝いさんですか？」

「そう。住み込みの料理人《コック》さんだよ」

「他にもここに住んでる人がいるんですか？」

「ああ、オブライエンさんとメイヤー夫人と、後は小間使い、それにニコラの家庭教師が住み込みだね。他は通いで掃除婦や庭師が来てるよ」

レティシアは素直に感心した。このご時世、何が高いって人件費がもっとも高価に決まっているのに、家族以外の人間を五人も家に住まわせているとは。

「お金持ちなんですねえ。ニコフは一人っ子だって聞いてたから、親子三人だけかと思ってたのに」

「はは、こんな大きな家に三人でいたら大変だよ。

掃除だけで一苦労だ」

　奥の居間でニコラの母親のシモーヌ・ペレリクが待っていた。歳は三十八と聞いているが、ずいぶん若々しく見える。はしゃいだ声で話しかけてきた。

「まあまあ、ニコラのお友達が訪ねてくれるなんて、ほんとに嬉しいわ。思っていたよりお若いのねえ、どちらの大学なの」

「チェーサー高校です」

「あら？　それは変ねえ。うちの子は高校に通ったことはないのに。どこで知り合ったのかしら」

　にこにこ笑いながら言葉には遠慮がない。ひどく失礼に聞こえる言い方でもあるが、本人はまったく悪気がなく言っているらしい。よく言えば子どものように無邪気《むじゃき》であり、悪く言えばあまり深く物事を考えない女性のようだった。

　ニコラが血相を変えて飛び込んできた。

「ママ！　レットは高校生だけどセム大の医学部も受講してるんだよ」

「まあ、そうなの。すごいわ、優秀なのねえ」

　悪びれない笑顔からも他意がないのは明らかで、レティシアは苦笑して軽く頭を下げた。

　顔を見せて挨拶だけするつもりだったが、そこにお茶が運ばれてきた。

　運んできたのはまだ若い小間使いだ。

「ご苦労さま、リュシェンヌ。――さ、召し上がれ。メイヤー夫人のお茶菓子はとても美味《おい》しいのよ」

　のどかな口調から察するに、どうやらシモーヌは家事は何一つ自分ではやらないようだった。掃除も料理も家政も人を雇って任せきりにしている。

「夫は土曜の午後だというのに仕事なの。ちょっと待ってて。今呼んでくるわ」

　シモーヌとリュシェンヌが席を外して、ニコラと二人になるとレティシアはちょっぴり皮肉に笑った。

「ずいぶんおめでたい感じのおふくろさんだな」

　セム大学と聞いたのに、シモーヌが少しも態度を変えなかったことを言っているのである。

ニコラの母親の彼女があの事件を記憶していないはずはない。彼女の息子はその事件で重傷を負い、それがきっかけで大学を辞めているのだから。

その当時の同級生が息子を訪ねてきたとなれば、多少の戸惑いを見せるのが普通である。

訪ねてきた友人を追い返したりはしないだろう、歓迎もするだろう。しかし、息子には事件のことは早く忘れてもらいたい。辛い記憶を蘇らせてほしくないと思うのが母親として当然の心理のはずだ。

友達に愛想を振りまきながら少しは息子を気遣う様子を見せても良さそうなものなのに、シモーヌは単純に医大生の友達が来たと言って喜んでいる。

ニコラが冷めた口調で言った。

「ママは知らないんだよ」

「おまえがデュークの仲間だったことをか？」

「そうだよ。ママはあんまり細かいことを気にする性格じゃないからね。前からぼくが大学に行くのも早すぎるって言ってたくらいだから。家にいるのを喜んでるんだよ」

ほどなくしてシモーヌは夫とともに戻ってきた。

シャルル・ペレリクは四十六歳になる。

切れ者と評判の人物だが、風采《ふうさい》も悪くない。

中肉中背ながら縦横の均整の取れた身体つきで、なかなかの男ぶりである。つい数日前に倒れたとは思えないほど血色のいい顔をしており、にこやかにレティシアに手を差し伸べてきた。

「やあ、きみがレティシアくんか」

「レットと呼んでください。お会いできて光栄です。ペレリク総合事務局次長」

「はは、家ではよしてくれ。今はニコラの父親だよ。ニコラが友達を家に呼ぶなんて滅多にないことでね。我々夫婦の間でちょっとした事件になったよ」

現在は連邦大学惑星の行政活動に専念しているが、ペレリクはもともと大学で教鞭《きょうべん》を執ってきた男だ。

一昔前なら子育ては妻に丸投げで子どもの友達の名前も知らないという父親は別段珍しくなかったが、

現代の教育理念ではそんな男は父親失格である。

専門家の間でも、子どもの健康な成長のためには父親の存在が重要であると意見が一致している。

息子の友達が訪ねてきたのに、その時間に父親が家にいながら顔を見せないなどあり得ないのだ。

シモーヌも腰を下ろしながら大きく頷いた。

「本当にね。昔から内気で引っ込み思案な子だからなかなかお友達もできなくて。——ねえ、シャルル。レットは高校生だけど、ニコラが医学部にいた時の同級生でもあるんですって」

「ほう?」

シャルルの顔色がちょっと変わった。

さすがにこの父親はわかっている。しかし、その話題に触れるのを注意深く避けているようだった。

「今はあちらの医学部はどんな具合なのかな?」

「ニコラがいなくなって、みんな寂《さび》しがってますよ。教授たちも残念に思ってます。大学始まって以来の秀才でしたから」

レティシアもわざと事件のことには触れなかった。

居間の壁に飾られているものに眼をやり、興味を持った様子で問いかけた。

「あれって武器ですか?」

「ほう、眼が高いね。火薬式の銃だよ」

「知ってます。鉛の弾丸を装塡《そうてん》して使うんでしょう。骨董品ですね」

シモーヌが笑いながら言う。

「夫のこの趣味はわたしにはさっぱりわからないの。骨董なら絵画でも彫刻でも、もっとすてきなものがたくさんあるのに。武器だなんて」

「もちろん優れた美術品はたくさんあるとも。だが、これらは実際に使われていたものなんだ。実用品がこんなに美しいというところがいいじゃないか」

確かに額《ケース》に飾られた数丁の銃はみんな美しかった。

握りの部分はどれも象牙《ぞうげ》や金銀で象眼されており、中には銃身にまで彫金を施したものもある。

レティシアは感心して言った。

「これって、本当に実用品だったんですか。俺には立派な装飾品に見えますよ」

「はは、そうだね。当時の人が本当に使っていたかどうかは定かではないが、わたしが言うのは今でも射撃に使えるという意味だよ」

「え？　撃てるんですか、これ」

「もちろんだとも。危険だからちゃんと鍵を掛けて保管してあるんだよ」

「有効射程距離はどのくらいなんですか」

「そうだな。ここにあるのはみんな短銃だからね。時代も古いし、せいぜい十メートル程度だろう」

「すごいですねえ。だって照準器もないんでしょう。十メートル先の的を狙って命中率は？」

「それは撃ち手の腕次第だよ」

『殺傷能力のある武器』に『八人を一瞬で殺した』レティシアが眼を輝かせて興味を示しているので、ニコラは生きた心地もしなかった。

　頭の中では必死にあのおまじない『レティシアは絶対ぼくを殺さない』を繰り返しているが、背中をだらだら冷や汗が伝っている。

　シャルルは話のわかる相手に人喜びだ。

「いや、嬉しいね。息子はこういうものには興味を示してくれなくてね。もちろん正確に撃つためには定期的な手入れと調整が欠かせないが、それがまた楽しいんだよ」

　シモーヌは話に加われないのが不満だったのか、ちょっとすねたように言ったものだ。

「夜中に一人でせっせと銃を磨《みが》いてるんですもの。人が見たら何事かと思うわよ。実際に使えるものがいいのなら、自鳴琴《オルゴール》のほうがずっときれいだわ」

「わかってるよ、奥さん」

　その後もシャルルは会話に積極的だった。

　さりげなくレティシアに家族がいないこと、奨学金で学校に通っていることなどを巧妙に聞き出して、頃合いを見て席を立った。

「では、わたしは仕事があるのでね。ゆっくりしていってくれたまえ」

同時にレティシアもニコラに声を掛けた。

「俺たちも行こうか。部屋は二階なんだろ?」

友達の家に遊びに来て両親に挨拶を済ませたら、友達の部屋に行くのが普通である。

ニコラは複雑な顔で頷いて(ついに肉食の猛獣か猛毒の大蛇《だいじゃ》を自室に入れなければならないからだ)シャルルと一緒に二階に上がった。

階段を上がってシャルルは仕事部屋のある右手に、ニコラは自分の部屋がある左手に行こうとしたが、レティシアはシャルルに声を掛けた。

「ペレリクさん。ちょっといいですか」

「何かね?」

「奥さんの前では言いにくいことがあって……」

ニコラはははらしながら、会話する二人の後ろ姿を見ていたが、レティシアはちょっと振り返って、先に部屋に行っているように眼で促した。

「できれば、二人で話したいんです。少しお時間をもらってもいいでしょうか」

初対面の息子の友達からの申し出に、シャルルは意外そうな表情を浮かべたが、すぐに頷いた。

「よかろう。わたしの部屋に来なさい」

書斎を兼ねた立派な仕事部屋だった。

壁を占める重厚な木目の棚には立派な装丁の本がずらりと並んでいる。昨今は電子書籍が一般的だが、紙の書籍にこだわるのはいわば教養人の証である。

部屋には先程の秘書がいたが、シャルルは秘書に席を外すように言った。

広い部屋に二人きりになると、シャルルは椅子を勧めたが、レティシアはそれを断って立っていた。

一方シャルルは気軽に腰を下ろして尋ねた。

「それで、何の話かな?」

「ニコラはお父さんには言わなかったんですね」

「何を?」

「俺、あの時、ニコラと一緒にいたんです」

シャルルの表情が変わった。

真剣な顔つきになり、小柄で細身のレティシアをつくづくと眺めて言った。

「そうか。きみが……」

ニコラが足を撃たれた事件に巻き込まれ、重傷を負った少年がいることはシャルルも知っていた。

名前は伏せられたが、セム大の医学部の学生だと聞いていたから、もっと年上だと思っていた。

「俺の入院中、セム大学の医学部長と学長が揃って見舞いに来ました。ニコラがデュークの仲間だったことは黙っていてくれないかって頼まれたんです。あれはあなたの指示ですか？」

「そうだ」

シャルルは深い息を吐《つ》いた。

「ニコラはまだ十四歳。未来のある身だ。あの時のわたしは息子を守りたい一心だった。きみに沈黙をお願いしたのも息子の身を案じる愚かな親心故《ゆえ》だが、それを不満に思っているのかね？」

「いいえ」

緊張の面持ちでレティシアは短く答えた。

「ニコラは本当にデュークに逆らえなくて、それであんなことになっただけですから」

「そうか」

その答えに安堵したのだろう。再び吐息を洩《も》らし、シャルルは椅子に座ったまま軽く頭を下げた。

「申し訳ない。きみのお見舞いをすべきだったが、わたしの立場では迂闊《うかつ》に顔を出すのも憚られたんだ。なんと言っても人目を引くことになってはまずい。人を介してお見舞い金を届けさせたんだが、きみは受け取らなかったと聞いた」

「そりゃあ誰からかわからないのに、あんな大金は受け取れませんよ」

「では、すぐに小切手を切ろう。今なら受け取ってくれるだろう」

「いえ、本当にそれはもういいんです」

予想外の話の流れに困惑しながら、慌てて相手を牽制《けんせい》する。こんな場面に遭遇《そうぐう》した十六歳の少年なら誰もがするに違いない仕草であり表情だ。

シャルルにとっては見慣れた若者の反応だから、余裕の態度で口説《くど》き落としに掛かった。

「しかし、きみ。それではわたしの気がすまないよ。息子は強制的に参加させられていただけではあるが、加害者側の人間だ。一方きみは被害者だ。わたしはあの子の保護者として、きみに多大な迷惑を掛けた責任がある。どうか受け取ってくれないか」

「お金なんかいりません」

俺それほど困ってないしとレティシアは続けて、思い出したように笑ってみせた。

「ニコラが俺に会いに来た時は正直、驚きましたよ。俺の顔は見たくないだろうと思ってましたから」

「ああ。息子は事件の後なかなか立ち直れなくてね。部屋に籠もりきりで、わたしたちとも話そうとせず、ほとんど外出もできなかった。この頃やっと普通に話せるようになったんだよ」

「よかったですね」


短い言葉に心情が籠もっている。

沈黙の後、レティシアは照れくさそうにしながら、訥々《とつとつ》と語った。

「ペレリクさん。ニコラは俺に謝ってくれたんです。ニコラのせいじゃないのに、わざわざ寮まで訪ねて来てくれて。俺、嬉しかったですよ。ここに遊びに来たいって言ったのも俺のほうです。だから、もうあの事件のことは気にしないでください。それだけ言いたかったんです」

シャルルはつくづく感心したように眼を見張って、立ち上がった。

「こんなお願いをするのは筋が違うかもしれないが、これからもニコラと仲良くしてやってくれないか。妻も言ったが、あの子はどうも好き嫌いが激しくて、友達が少なくてね」

「それは光栄ですけど、ちょっと違うと思います。ニコラが今になって俺に会いに来たのは、事件から立ち直ろうとしてるからだと思いますよ」

「ありがとう」

二人は固い握手を交わした。

シャルルの部屋を出たレティシアは廊下を進んで、ニコラの部屋に向かった。

家が大きいから廊下もかなり長い。

似たような扉がいくつかあったが、その一つに扉飾りが掛かっていて、ニコラの部屋だとわかった。

ノックもせずに扉を開けると、ニコラは勉強机の前に座っていた。

ひどく不愉快《ふゆかい》な出来事に遭遇した時のように顔を真っ赤にして、嫌悪感も顕《あら》わに言ってくる。

「……ああいうことよく平気で言えるよね」

あまりの白々しさにむず痒《がゆ》くなっているらしい。

ということは、ニコラはレティシアと父親が何を話していたかを知っていることになる。

レティシアは小さく笑った。

「親父さんの部屋に盗聴器を仕掛けたのか？」

「情報を集めろって言ったのはそっちだろ」

少しはレティシアにも慣れたのか、このくらいは言い返せるようになったらしい。

「盗聴器はどうやって手に入れた？」

「家庭教師に頼んだんだよ。なんでわざわざパパにあんなこと言ったのさ？」

「親父さんの人物が知りたかったのさ」

実際、かなり摑めたと思う。

なかなか才覚のある人物ではある。

学者の中には自分の専門分野以外まるで疎《うと》い学者馬鹿も多いが、シャルルはそういう類《たぐい》とは違う。

理事選に立候補したことからも、人並みに野心もあると見ていいが、体裁のいい台詞を言いながらも、保身は忘れない。

レティシアに対しても、申し訳ないと言ったのは本心だろうが、自分の立場がまずくならないように、息子が非難の的にならないように、無意識にうまく立ち回り、被害者の少年に口止め料を払おうとする。

つまりは良くも悪くも至って普通の人間だった。

こういう人間にはどんな脅迫も有効である。なまじ才覚と教養があるので、どんな些細《ささい》な傷も大きな打撃になるからだ。

「それで何かわかったか」

ニコラは黙って、小型の録音機器と、イヤホンを差し出してきた。

片方の耳に当てて録音を再生すると、押し殺した声が聞こえた。シャルルの声だが、今し方の悠然《ゆうぜん》とした態度からは想像もできない憔悴《しょうすい》した口調だ。

「……わかった。週明けにも正式に発表する。ああ、理事選の出馬は取りやめる。それでいいんだな？」

眼の前の相手と話している口調ではない。

誰かと携帯端末で話しているようだ。

「ああ、だから今度こそあれを……なに？　待て！　話が違うぞ！　そんな金は！」

声を荒らげたが、後が続かない。通話相手に言い含められたようで、呻《うめ》くような声がした。

「……わかった。何とかする」

通話が切れた。激昂したシャルルが呪詛《じゅそ》の言葉を吐き散らし、新たにマジソンの声が加わった。

「どうしました」

「強突張りめ！　このままではわたしは破滅だ！　あいつに骨までしゃぶり尽くされるぞ！」

「まさか、また金を要求されたんですか」

「そうだ。今度は一億出せと言ってる。法外だ！　そんな金がどこにある⁉」

たった今、自分で何とかすると言ったはずだが、実は当てがなかったわけだ。苛々《いらいら》と歩き回る足音が聞こえ、マジソンが控えめに言った。

「奥さまのご実家にお願いしてはどうでしょう」

「馬鹿を言うな！」

「ですが、局次長……」

「わかっている！　何とか手を打たねばならん！　しかし、奴の名前も所在もわからんと来ている！　きみの頼んだ専門家とやらは何をしてるんだ⁉」

「口座の名義人を突き止めたそうです。ただ、この名義人自身はまったく関係ない人物でした」

「何だと⁉」

「さすがに本名でつくった口座に振り込ませるほど、あの男も馬鹿じゃないですね。名義人は貧乏学生で、ちょっとしたバイト感覚で口座とＩＤ、暗証番号を売ったようです」

後はシャルルが罵声《ばせい》を洩らし、マジソンがそれをもてあましつつもなだめる声が続き、レティシアはイヤホンを外して言った。

「既に一度金を取られて、出馬を取り下げることを約束させられて、また金か。脅す奴も脅す奴だが、親父さんはまあ、いい鴨《カモ》だな」

「感心してる場合じゃないよ」

「こいつはいつの録音だ？」

「一昨日の夜。続きに昨日の分も入ってる。それで、脅迫してる奴の身元がわかったんだって」

「ずいぶん早かったな」

「通信会社の人間を買収して、うちに掛かってきた通話記録を照合して相手の端末を特定したんだって。もちろん非合法だけどね」

ばれたらそれこそ警察に捕まってしまう手段だが、この際きれい事は言っていられない。

レティシアは首を傾げた。

「けどよ、普通本人名義の端末で強請《ゆすり》なんかするか。警察に通報されたら一発でばれるだろうに」

「ぼくだってそう思うけど、端末の名義人が脅迫者本人で間違いないらしい。――続きを聞いてみなよ。理由がわかるから」

そうしてみた。

シャルルが驚きの声で尋ねている。

「――イアン・バンクス？　それが奴の名か」

「はい。調べさせましたが、ジャーナリスト崩れの男です」

「待て。携帯端末も別人の名義かもしれんだろう。イアン・バンクスが奴本人だとなぜわかる？」

マジソンはひどく言いにくそうに続けた。

「それが……バンクスは彼と同郷のアシェントリの出身で、地元の小学校の二年後輩に当たるんです。名簿で確認したそうです」

「何だと⁉」

「ですので、このイアン・バンクスが奴だと思ってまず間違いないでしょう。両親は既に他界し、親類縁者の話ではもう何年も音信がないとのことですが、この惑星のどこかにいるのは間違いありません」

「惑星どころか目と鼻の先の街にいるのはわかっているんだぞ！　奴の居場所は？」

「今探させています。顔と名前、それに発信場所がわかっているのですから、居場所を突き止めるのはさほど困難ではないはずです」

「頼んだぞ、マジソン」

ここまで聞いて、レティシアは訝しげに言った。

「これが昨日の録音だって？」

「そうだよ。——何で？」

「親父さんに感心したのさ。こんな時だってのに、よくまあ俺を気持ちよく迎えてくれたもんだ」

それも、見たところ至って上機嫌で。

「パパは世間体を気にするからね。息子の——知り合いが家に来たのに挨拶もしなかったら、後で何を言われるかわからないと思ってるんだよ」

息子の友達とは絶対に言いたくないので、敢えて言葉を捻っている。

父親に対する辛辣なニコラの感想はレティシアの印象とも一致していた。

シャルルは肩書きも経歴も立派な選良《エリート》で、それを誇りに思っている。だからこそ過去の些細な傷をも気にするのだ。風采は立派だが、意外に気が小さく、悪人にはなりきれない男だとレティシアは思った。

「彼、ねえ……」

「誰のことだろうね」

「録音全部聞いてもわかんないのか？」

「盗聴器を仕掛けられたのは仕事部屋だけなんだよ。

パパとマジソンは仕事の行き帰りも車で一緒だから、詳しいことはそこで話してるんじゃないかな」

　レティシアは手に入れた情報を反芻《はんすう》してみた。

「さあて、どうする気かね。このままだと、月曜になったら、親父さんは理事選の出馬を辞退して一億払う羽目になるぞ」

　ニコラは複雑な顔で考え込んだ。

「……でも、言う通りにしないと、向こうはパパの弱みを公表するって言ってるんだよ」

「そして親父さんは大事な選挙を棒に振ってでも、それだけは避けたいと思っている。気になるねえ。どうしてそこまで言いなりになるんだか」

「何言ってるのさ。そんなこともわかんないの？　証拠の品を取り返そうとしてるんだよ」

　ふんぞり返って、ニコラは慌てて小さくなった。

『いい子』を装っていない時のニコラは言葉に遠慮する習慣がない。極端な話、「馬鹿じゃないの」が口癖《くちぐせ》なのだが、レティシアにそれは言えない。言おうものなら後が恐い。

　だから言いそうになる度に慌てて首を引っ込めて口をつぐんでいるのだが、気を抜くと時々こうして無意識に出そうになる。

　それというのも眼の前のレティシアはどこにでもいそうな、ごく普通の少年にしか見えないからだ。

　あの金髪の子もそうだった。

　二人とも見事に他の子どもたちの間に溶け込んでまったく違和感を感じさせないのに、いざとなると豹変《ひょうへん》する。ニコラはそれを目の当たりにしながら、ついつい忘れそうになってしまう。

　反射的に首を竦めたが、レティシアにはニコラの物言いを咎《とが》める気はないようだった。

「証拠の品か。そこまでは俺にもわかる。そこまでする親父さんの弱みは具体的に『何』なんだ？」

「わからないけど、最近の話じゃないみたいだよ」

「何でそう思う？」

「昨日、パパが独り言を言うのを偶然聞いたんだよ。

『どうして今頃』って言ってた」

ともあれ、これで犯人はわかった。

後は肝心《かんじん》の『品《ブツ》』を取り返せばいいわけだ。

ニコラが何か言いかけて、はっとした。

「マジソンが戻ってきた」

彼は片方の耳だけで別室の音声を拾っていたのだ。

音声を開放して、ただし音は限りなく小さくして、二人は仕事部屋の会話に聞き入ったのである。

「向こうは取り戻す品が何なのか、具体的に教えてほしいと言ってます。内容のことじゃありませんよ。写真なのか、記録媒体なのか、記録媒体ならどんな形状なのか、そういうことですが、どうします？」

「馬鹿な。言えるものか」

文句を言いながらもシャルルの声には力がある。

どうやら、相手の居場所を特定できたらしい。

マジソンもシャルルに同意した。

「彼には『例のもの』か『あれ』と言えば、通じるはずと言っておきます。問題があるとしたら、奴が素直に渡すとは思えないことですが……」

「そこはきみのお友達にうまくやってくれるように頼んでくれ」

「わかりました」

シャルルが急に声を低めた。

「マジソン。きみの知人だというその人物だが……、秘密は守れるんだろうな」

「ご安心ください。彼はこういうことの専門家です。これまでにも二度、人目に触れずに処理しなければならない問題で彼を頼ったことがありますが、その都度うまく片づけてくれました」

「これが原因で強請《ゆす》られるようなことは？」

「あり得ません。こういうことは信用が肝心です」

「では、昨日の話に戻ろう」

今までとは明らかに調子が違う。

決意の窺える声だった。

逆にマジソンの声には少し躊躇いが混じった。

「局次長。正直に言います。ぼくはこういうことに関わった経験がありません」

「わたしもだよ。——だからやめるべきだと？」

「いいえ。そうではなく戸惑っている自分がいます。取り戻すだけでは不十分なのはわかっていますが、本当にそれしかないのかと自問自答してるんです」

「わたしもだよ」

再び同じことを言って、シャルルは断言した。

「できるものなら避けたい。その気持ちに嘘偽りはない。しかし、考えてもみたまえ。仮にあれを取り戻しても、奴が生きている限り安心はできないんだ。——違うか？」

「いいえ」

「自分の身を守るために自衛手段を取らねばならん。相場は聞いてくれたな？」

「はい。相手によってもかなり差があるようですが、今回の例なら一千万と言ってきました」

「それで片づくなら高い出費とは思わんよ」

息を殺してこの会話を聞いていたニコラは次第に顔色を変えていった。

そこは彼も当たり前の少年ではない。この会話が尋常《じんじょう》ではないことに気づいていたのだ。

本職のレティシアはもっと前から察していたので、音声の流れる機械の前で小声で呟いたものだ。

「いいのかねえ。教育者が……」

まるでその言葉がきっかけになったかのように、シャルルは意を決した口調で言ったのである。

「イアン・バンクスを始末しろ。社会の底辺を這いずり、恐喝に手を染めるような腐りきった輩《やから》なぞ、一人くらい消えたところで何ら実害はない」

この言い分にレティシアが小さく吹き出した。

「さすがにおまえの親父さんってとこだな」

ニコラにはとてもその軽口に応える余裕はない。大きく喘ぎ、恐ろしいものでも見るように音声の流れる機械を見つめている。

マジソンの淡々とした声がした。

「わかりました。そのように手配します」

「わたしが関与したことは絶対に知られるなよ」

「もちろんです。ご安心ください」

「これでやっと、肩の荷が下りた気分だ」

「ええ。後は専門家に任せましょう」

のどかな土曜の昼下がりには徹底的に不似合いな会話だった。

ニコラは既に顔面蒼白となっている。

目と鼻の先にある仕事部屋で、父親が真剣に人を殺す算段をしているのだ。

かつてはニコラもやろうとしたことだが、それとこれとは全然話が別だ。ましてや今のニコラは人を殺すということがどういうことかを知っている。

何としてもやめさせなければならなかった。

しかし、ここで父の仕事部屋に飛び込み、

「パパ！　人殺しなんかやめて！」

と叫ぶのは問題外だ。

ずば抜けて頭の回転の速いニコラはそれでは何の解決にもならないことを素早く察していた。

父親にとってその『秘密』を取り戻すのが最優先事項なのだから、盗聴器のことを言って、今の話は全部聞いたと打ち明けても無駄だ。

父親は顔色一つ変えずに、そんな玩具を仕掛けたニコラを叱《しか》り、平然と笑って言うだろう。

「馬鹿だなあ。今の話を本気にしたのか。もちろんあれはただの冗談だよ。心配するんじゃない」

そこまで瞬時に判断したニコラは焦燥《しょうそう》も顕わにレティシアを振り返ったが、彼は笑っている。

「ずぶの素人《しろうと》がこんな物騒な話に首を突っ込むのはあんまり勧められねえんだがなあ」

「そんな呑気《のんき》なこと言ってる場合じゃないよ！」

「同感だな。ここの警察はそれほど間抜けじゃない。専門家を雇って証拠の品を回収させるって言うが、その専門家は本当に秘密を守れるのか。証拠の品を素直に渡してくれるのか。一つ間違えば、また別の奴を雇ってそいつも始末しなきゃならなくなるぜ。切りがねえ。首尾よく秘密を取り戻しても、全部をレティシアはきょとんと眼を丸くして笑った。

「そりゃまたずいぶん大雑把な頼みごとだな」

「お願いだから！　パパを助けて！」

レティシアは口元にまだ微笑を残しながら眼には少し真面目な色を浮かべてニコラを見た。

「そいつは、人殺しをさせるなって意味か？」

「そうだよ」

「それが助けることになるのか？」

「なるよ」

「おまえ、何でデュークの誘いに乗った？」

ニコラは返答に詰まった。それでも真剣に考えて、慎重に言葉を綴《つづ》った。

「……よく、わからないよ。自分でも」

「ふうん？」

「ただ、あの時は悪いことだとは思ってなかった」

レティシアに隠すことは何もないから、恐ろしく率直に心情を語ったニコラだった。

これは正確には主犯のデュークの意見だ。知ってるマジソンがいる。賭《か》けてもいいが、こんな話に乗ったら次はマジソンが脅迫者になるだけだぜ。親父さんはマジソンも殺す気か。それとも子飼いの部下には餌《えさ》をやって手懐《てなず》けたから大丈夫だって安心してるのかね？　俺ならそいつを油断って言うぜ」

ニコラはほとんど震えながら大きく深呼吸をして考えをまとめようとしている。

レティシアにはそんな動揺はない。冷静に事実を指摘した。

「親父さんが抱えてるのがどんな秘密か知らないが、殺人教唆《きょうさ》は殺人と同罪に扱われる。下手すりゃ、親父さんは一生刑務所暮らしだぞ」

「レット」

ニコラは一世一代の（と言ってもまだ十四年しか生きていないが）決心をして身を乗り出した。

「一生のお願い！　何とかして！」

こんな台詞を口にする自分が信じられなかったが、なりふり構っている場合ではない。

生産活動に従事していない人間の数が多少減ったところで社会は何の損失も受けない。誰にも迷惑は掛からない。それどころか、医学を学ぶ自分たちの役に立つのだから、これで彼らも立派に社会に貢献《こうけん》できるというのである。

唾棄《だき》すべき暴論だった。詭弁《きべん》とすら呼べないが、十八歳のデュークは得意げにこの持論を振りかざし、十四歳のニコラもその異常さを深く考えようとせず、感化されたとしか言いようがない。

「じゃあ、今はどう思ってる？」

しばらく沈黙して、ニコラは首を振った。

「いいとか悪いとか、今でもわからないよ。だけど、二度とやりたくない」

「何を？」

「……ああいうこと」

「殺し？」

笑みさえ含んだ声で、ずばりと訊いてくる。

軽い口調だけに恐ろしかった。


やたらと刃物を振りかざす若者が『殺してやる』などと突っ張ってみせるのとは次元が違う。

それを知り尽くしているニコラは表情を硬くして頷き、レティシアはおもしろそうに訊いたものだ。

「人を殺すのはいやになったか」

この直接的な質問にもニコラは黙って頷いた。

それから躊躇いがちに、おずおずと問いかけた。

「レットは……どう思ってるの？」

「前にも言ったぜ。簡単すぎてつまんねえって」

「……恐くないの？」

「ないねえ」

あっさり言って、レティシアはちょっと微笑してニコラを見た。

「珍しくおまえに賛成だな。人間、慣れないことに手を出すもんじゃない。恐いからやらないっていう感覚は至極まっとうなもんだと思うぜ。親父さんが道を踏み外すのも一生を棒に振るのも、親父さんの勝手だが、本当にそこをわかってるかが問題だな」

「冗談じゃないよ。パパの勝手なんかであるもんか。ぼくとママはどうなるのさ」

「その通り。全面的におまえが正しい。家族持ちがこんな後ろ暗いことに手を染めちゃあいけねえよ」

レティシアは殺人者であり、いわゆる『人殺しを何とも思わない』種類の人間だが、至って常識的な感覚も持ち合わせている。

少なくともそのように見えるのは確かだ。

でなければ一般人の中に紛れて何の軋轢《あつれき》もなく、反感も買わずに当たり前の日常生活を送ることなどできはしない。

むしろ殺しの仕事に関わらない時の彼はごくごく平凡な少年に過ぎないが、普通の神経の持ち主とはやはり違っているので、通常は考えられないことをおもしろがる傾向がある。

人殺しは簡単すぎてつまらないというのは掛け値なしの彼の本音だ。だったら、簡単ではないことをやってみたほうがおもしろい。

医学を学ぶようになったのも半分はそのせいだ。人の命を絶つ側に立って長いが『人を生かす』という作業もそのための勉強も初めてである。

学ぶことはいくらでもあり、それがおもしろい。

それ以上に『殺しをやめさせる』という考え方は新鮮だった。そんなことは一度もやったことがない。

素直におもしろいと思った。

ちょっと興味が湧いたのも確かだ。

やってみてもいいかと乗り気になったが、現実に解決するのはかなり難しい問題である。

「しかしなあ、具体的にどうすりゃいい」

「マジソンは今から専門家に接触するはずだから、跡をつけたらどう？」

「間に合わないぜ。連絡なら通信で事足りるんだ。依頼された奴がいつ仕事に取りかかるかが肝心だが、イアン・バンクスが死んでからじゃ遅いんだろう」

その通りだ。死人が出てからでは遅すぎる。

シャルルが殺人教唆の犯人になる前に片づけねば

ならないのだ。

　ニコラは焦燥も顕わにレティシアをせっついた。

「だったら、マジソンを捕まえてちょっと脅かして、専門家の連絡先を聞き出そうよ。できるだろ？」

　そりゃあ簡単にできますけど――。

　レティシアは冷ややかにニコラを見返した。

「おまえ、言ってる意味わかってるか。それじゃあ俺がものすごくまずい立場に置かれるだろうが」

「レットがそんなの気にするなんておかしいよ！」

「無茶苦茶を言いやがる……」

　ほとほと呆れてレティシアは猫のようにくっきり吊《つ》り上《あ》がった眼を丸くした。

「おまえ、俺を何だと思ってるわけ？」

「足は洗ったけど元は凄腕《すごうで》の殺し屋だろ！」

　間違ってはいない。極めて正しい評価ではあるが、同時に今のレティシアは『普通の高校生』だ。

　昔なら人を使ってマジソンに見張りをつけ、跡をつけることも容易だったが、今はそうもいかない。


　レティシアはちょっと考え、ニコラの部屋にある情報端末を指し示した。

「そいつ、ジャーナリスト崩れだって言ってたよな。検索してみろよ」

　ニコラは「馬鹿じゃないの！」と大声で叫ぼうとした自分をやっとのことで押さえ込んだ。

　リィとシェラには愚かと指摘されたが、ニコラは普通の十四歳の少年よりは格段に頭がよかったので、『レティシアは絶対おまえを殺さない』というあのおまじないは事実であると同時に極めて脆《もろ》いものであることもわかっていたのである。

　シェラが言った「あなたが何もしない限りは」という「何も」が「何」を指すのかはわからない。

　だが、この保証が極めて薄い皮一枚で成り立っているものであることだけはちゃんと認識していた。

　レティシアと話していると、少なくとも自制心は飛躍的に鍛《きた》えられるようである。

　命が懸かっているだけに『落ち着け』とニコラは

懸命に自分に言い聞かせながら、あくまで冷静さを保って質問した。

「何の意味があるのさ。今の住所を載せてるとでも思ってるの？」

「違うよ。欲しいのは顔写真だ」

「なんでそんなもの……」

「いいから調べてみろ」

不満そうな顔でニコラは検索に取り掛かった。

望みは薄いが、ジャーナリスト、アシェントリ、イアン・バンクスで検索すると意外にも適合《ヒット》した。

新進気鋭のイアン・バンクス記者が名誉ある賞を受賞したという記事だった。

派手なネクタイを締めて賞杯を掲げ、得意満面に笑っている男の年齢は書かれていないが、若々しく自信に満ち溢《あふ》れた顔をしている。

その日付を見てニコラは顔をしかめて首を振った。

「二十年も前の記事だよ。参考にはならないね」

「いいや、ないよりましだと思うぜ」

「だってこれが何になるのさ。昔の顔はわかってても現住所も居場所もわからないんだよ」

「そいつは使い方次第だ」

レティシアは自分の携帯端末でどこかに連絡した。

その様子を見たニコラはちょっとどきどきして、ちょっぴり不満に思っていた。足を洗ったと言うが、脅迫者の居場所がこんなに簡単にわかるなら、早くやればいいのにと思ったのだ。

「よう、今暇か？」

「あんまり暇でもないけど、どうかしたの？」

端末から聞こえる声は確かに忙しそうだった。

背後の音から察するに屋外にいるらしい。

「商売道具を持ってたら見てほしいものがあるのさ。イアン・バンクスって奴の運勢、わかるか？」

ニコラが眼を剝《む》いている。

相手がレティシアでなかったら即座に会話に割り込んで『運勢って何⁉』と嚙みついていただろう。

この緊迫《きんぱく》した状況で頼むのが占いとは、どういう冗談かとニコラが思ったのも当然だが、通話相手は突拍子もない申し出に驚いたりはしなかった。

「名前だけしかわからないのは難しいね。その人の写真か持ち物はない？」

「今、写真を送る。二十年前のだけどな」

「その人、今いくつなの？」

「四十代半ばってとこだと思う。——何でだ？」

「今二十歳の人で赤ちゃんの時の写真しかないのは厳しいかなあって思ったんだけど、それならたぶん大丈夫。何とかなるよ」

「やっぱりおまえ、頼りになるわ」

レティシアはニコラを押しのけて機械を操作し、ややあって携帯端末から声が聞こえてきた。

「今届いたよ。——この人がどうしたの？」

「近いうちに死んだりするんじゃねえかと思ってさ。見てくれねえ？」

「ちょっと待ってて。今文字通り手がふさがってて、両手に荷物持って階段上ってるんだよ。研究室まで行けば手が空くから」

両手に荷物ということは、ヘッドホンでもつけて話していたのだろう。

レティシアが素直に待っていると、しばらくして感心したような声が返ってきた。

「——驚いた。本当に生きるか死ぬかの瀬戸際だね。どうしてわかったの」

「そいつはちょっと勘弁《かんべん》。こっちの希望としては、イアン・バンクスが死ぬのを何とか止めたいんだ。どうすりゃいい？」

通話の相手はおもしろそうに笑った。

「死ぬのを止めたいの。きみが？　珍しいね」

「俺もそう思うよ」

本心から頷いたレティシアだった。

所変われば品変わるという言葉があるが、自分もそれなのかもしれないと思う。

「まあ、たまにはいいんじゃないかと思ってさ」

「そうだよね。殺すよりはずっと建設的でいいよ」

真面目に頷いているであろう相手もレティシアに負けず劣らず一般常識からかなり外れている。

端末の向こうからは手札を切る静かな音が続き、相手がまた意外そうな声を上げた。

「ぎりぎりだったねえ。今夜だよ」

「今夜？　ほんとか」

「嘘言ってもしょうがないでしょう。きみが行って止めるの？」

「ああ、そのつもりだ」

「じゃあ、一つ忠告してもいいかな。きみの運勢も見てみたんだけど……」

「何だい？」

「灯台下《もと》暗しだって。気をつけてね」

「へえ、そいつは大変だ。ありがとよ」

3

イアン・バンクスは四十五歳になる。

新進気鋭のジャーナリストとしてもてはやされた時期もあったが、それはもう遠い昔のことだ。

人は調子のいい時は昇りしか見ないし考えないが、どんな物事もそうであるように永久に上向きに続く運気など存在するはずもない。

昇りがあれば必ず降りる時があるのだ。

それも昇りとは比べものにならないほどの速さで、元いた場所より下へと突き落とされることもある。

バンクスがようやくそれに気づいた時には栄光の時は遥か彼方に過ぎ去っていた。

ゴシップ専門の記事で食べていくしかなくなって、既に十年になる。ずっと不遇の時代を嘆いてきたが、安酒しか飲めない生活にはこれでおさらばだ。

懐《ふところ》は温かく、当分飲み代には困らない。

飲み代どころか、洒落たアパートメントを借りて新しく車も買おう。上等のスーツをオーダーして、心機一転やりなおそう。

タクシーの中でそんな楽しい想像を巡らしながら、バンクスは今の塒《ねぐら》に帰ってきた。

緑豊かな敷地に二階建ての戸建てが連なっている、一階と二階が別々の住居になっている長屋タイプの貸家《かしや》だが、ただの長屋とはわけが違う。

貸家にも様々な種類と格《ランク》があるが、ここは外装も凝《こ》っていて、内部には立派な家具が備え付けられていて、すぐに入居できる。比較的高級な部類に入る物件だ。

住宅街から離れてビジネス街の近くにあるので、出張などの短期滞在者によく利用されている。

もちろん会社が借り上げて社員に提供するのだ。

二十戸ほど点在している貸家の中で個人で借りて

いるのはバンクスだけらしい。

もっともバンクスの貸家も借り主はまったく別の名前になっている。

タクシーで戻ってきたバンクスはちょっと足下を危うくしながら、外付けの階段を上ろうとした。

その背後に静かな声が掛かる。

「イアン・バンクスさん？」

バンクスは訝《いぶか》しげに振り返った。

こんなところで知人に声を掛けられる覚えはない。第一今のは知り合いに呼びかける口調でもない。疑問を感じて当然である。

屋外灯に照らされて中年の男が立っていた。

中肉中背、ずんぐりした身体つきで、顔立ちにはこれといった特徴がない。地味で目立たない男だと思っていると、男は手袋を嵌《は》めた手を前に出した。

その手には肉厚のナイフが握られていた。

バンクスは呆気に取られた。

逃げるなり大声を上げるなりすればいいものを、絶句している間に男は悠然とバンクスに近づいて、低い声で言ったのである。

「例のものは？」

「な、何だ、誰だあんた⁉」

男は答える代わりにバンクスを突き飛ばした。

酒の入った身体は思うように動かず、簡単に家の壁に叩きつけられ、喉元に刃物を押し当てられる。

「騒いだら殺す」

手慣れた口調であり、態度だった。

こんなことをするのはこれが初めてではないと、存分に知らしめるものでもあった。

バンクスの全身がどっと冷や汗に濡《ぬ》れる。

「ま、待ってくれよ！」

酔いなど完全に吹き飛んでいた。

喘ぎながら、必死に弁明した。

「違うんだよ！　言い出したのはウィルキンソンの奴なんだ！　俺じゃない！　俺はただあいつに話を持ちかけられただけなんだよ！」

喉元に当たる刃物の感触が強くなる。

男は間近で見ても表情のない顔で静かに言った。

「例のものを出せ」

脅しではなかった。拒否すれば殺すという意志が、冷たく不気味《ぶきみ》な感触からいやでも伝わってくる。

こんな恐怖に平然と耐えて、強気に出られるほど、バンクスは強い人間ではなかった。

命の危機があっさり勝り、助かるためなら何でもやるということしか考えられなくなり、震える手で懐から携帯端末を差し出した。

「こ、この中に入ってる」

男は片手で端末を取り、懐にしまった。

バンクスはまだ恐怖に支配されていたが、これで終わったと無意識に安堵したのも確かだった。が、男は無表情のままナイフを振り上げたのだ。

妙にはっきりとその様子が見えた。

人間、本当に恐ろしい時は悲鳴も上げられない。

それをまざまざと思い知らされたバンクスは壁に張り付いたまま身動きもできないでいた。ナイフは確実にバンクスの喉を切り裂くはずだったが、直前、男はぐらりと体勢を崩したのである。

バンクスの喉を狙ったナイフは空《むな》しく宙を泳ぎ、硬直しているバンクスの眼の前で、男はがっくりと膝を突き、ずるずると倒れ込んだ。

バンクスは全身をびっしょりと冷や汗に濡らして、大きく喘いだ。慌てて倒れた男を窺ったが、意識を失っているようだ。

「た、助かった……」

足ががくがく震えている。

自分までその場に座り込んでしまいそうだったが、それどころではない。男が気絶しているうちにこの恐ろしい場所から逃げ出さなくてはならなかった。

ところが、一難去ってまた一難。

屋外灯の陰から足音も立てず、気配も感じさせず、別の男が現れたのだ。

「ウィルキンソンって誰だ？」

どこに潜んでいたのか、どこまで聞いていたのか、帽子を被っていて人相がよくわからない。

「あんた、自分の意志でやったんじゃなくて誰かに頼まれて強請《ゆすり》をやったのか」

バンクスはまだ青ざめた顔をしていたが、咄嗟にとぼけることを選択した。眼の前の相手が小柄で、声もずいぶん若く、少年のように見えたからだ。

倒れた男を顎《あご》で示して無理に笑う。

「何を言ってるんだい。こいつは酔っぱらいだよ。絡《から》まれて迷惑したね」

今のバンクスの頭の中は家に駆け込み、最低限の荷物をまとめて逃げなくては——それだけだった。

新たに現れた男を無視して階段を上ろうとしたが、そうは問屋が卸さなかったのだ。

「がっ！」

左の脹《ふく》ら脛《はぎ》に刺されたような強烈な痛みを感じて、バンクスはその場に倒れ込んだ。

彼の足を襲ったものは、庭の飾りに使われている小さな玉石だった。

それが弾丸のような勢いで、彼の足をしたたかに打ったのである。

骨こそ無事だったが到底立ち上がることはできず、バンクスは脂汗《あぶらあせ》を流し、足を抱えて蹲《うずく》った。

帽子の男がのんびりと言う。

「大きな声を出すなよ。近所迷惑だぜ」

それでバンクスはようやく帽子の男に攻撃されたことに気がついたのである。

痛みに呻くバンクスを置いて、帽子の男は手袋を嵌めた手で気絶した中年男の懐を探り、バンクスの携帯端末を取り上げ、再びバンクスに近づいてきた。

近くで見ると男は帽子の下に覆面《マスク》をつけていた。眼と口の部分だけをくりぬいて顔に当てるもので、余興やパーティでよく使われているものだ。

携帯端末を持ち主に見せつけて言う。

「何が入ってるんだ」

答える代わりにバンクスは大声で叫ぼうとした。

すぐ後ろは民家である。窓を閉めていても騒ぎが起きれば必ず誰かが聞きつけてくれるはずだった。

ところが、男の左手から飛んだ小さなものが鋭く、しかも正確無比にバンクスの喉を打ち、バンクスはさらなる激痛にのたうち回る羽目になったのである。

喉が焼けるように痛んで、とても声が出せない。

帽子の男が力を加減してまた小石を投げたのだ。

「あんまり騒ぐと喉を潰《つぶ》すぜ。答えは筆談で聞くよ。ただし、それは手間が掛かるんでね。あんた自身の口からしゃべってもらったほうが楽なんだけどな」

これが十代の少年のような軽やかな声で、まるで雑談でもするような気楽な口調なのである。

なまじどすの利いた声で脅されるより恐ろしい。

ぜいぜい喘ぐバンクスを男が急《せ》かした。

「今ならまだちゃんとしゃべれるだろ。いつまでも苦しんでないで、さっさと話してくれよ。それとも本格的に痛めつけられたいわけ。面倒くせえなあ。一応注文《リクエスト》を受け付けるけど、どんなのがいい」

その『注文』たるや、聞いているだけで歯の根が合わなくなるような代物だった。

人の身体をいかに効果的に死なさないように『分解』するかを、眼の前の男は淡々と語ったのである。

この十年間、怪しげな仕事もずいぶんやってきたバンクスだったが『怪しい』と『危ない』は違う。

根本的に違う。

決して近づいてはならない世界に足を突っ込んでしまったのだといやでも悟らざるを得なかった。

かすれ声を張り上げた。

「い……言う、言うよ！」

喉と足の痛みを懸命にかばいながら、バンクスは洗いざらいを打ち明けた。

馴染《なじ》みの安酒場で、ウィルキンソンと名乗る男に声を掛けられたのが始まりだったという。

ウィルキンソンは四十歳くらいの地味な風貌《ふうぼう》で、口調は物静か、態度も至極穏やかだった。

怪しい人物には見えなかったが、では何の職業をしているのか、ちょっと摑みにくい男でもあった。

ウィルキンソンは興味深げにバンクスを見つめて、ほのかな熱意を込めて話しかけてきたという。

「あんた、オーデンクルーズ賞を受賞したイアン・バンクスさんだろう」

「昔の話さ」

せいぜい勿体《もったい》を付けて答えた。

今の自分の状況を思うと空しくなるが、その賞を取ったことはバンクスの唯一の誇りでもあったので、知っている人間に会うのはやはり嬉しかったのだ。

「あんたに記事にして欲しいネタがあるんだよ」

そう前置きしてウィルキンソンが打ち明けたのは、現在、連邦大学惑星の総合事務局次長という要職に就いているシャルル・ペレリクの醜聞だった。

話は今から二十五年前に遡《さかのぼ》る。

ウィルキンソンの話によると、シャルルはメートランド大学院に在籍中、ある論文を発表したことがきっかけで学会から注目されたのだが、高い評価を得たその論文は実は同級生の研究成果でシャルルはそれを盗んで発表したというのだ。

同級生の名前はカール・クレイ。

シャルルと同じ専攻で、その世界では将来を嘱《しょく》望《ぼう》されていた優秀な学生だった。

自分の論文を盗まれてなぜ気づかなかったのかといえば、カール・クレイは不幸にも二十歳の若さで亡くなっていたからである。

カールの死後二年が経ってからシャルルが問題の論文を発表したというのだ。

カール・クレイは研究者に時折見られるような、取っつきにくいタイプの青年で親しい友人も少なく、誰もカールの研究内容を詳しく知らなかった。

若き日のシャルル・ペレリクはそれをいいことにカール・クレイの研究を横取りしたというのである。

ウィルキンソンは証拠も持っていると言った。

カール・クレイの日記だ。

当時のシャルルもその点は充分に用心していた。

カールが死亡した際、カールが使っていた研究用機材の記録を抹消し、同じ寮であったのを利用して故人の私物整理という名目で堂々とカールの部屋に入り、実際には整理もそこそこに自室で使っていた端末の記録を抹消したが、カールが古風にも自筆で紙の帳面《ノート》に記していた日記にまで眼が届かなかった。

その日記の中でカールは現在着手している研究について断片的に触れており、シャルルの論文とこの日記の内容、さらには日付を照合すれば、どちらが真似をしたかは明らかだというのである。

四半世紀も前のことだが、もしこれが事実ならば一大醜聞《スキャンダル》だ。シャルル・ペレリクの権威は失墜し、その評判は地に墜ちると言っていい。

しかし、今のバンクスはこんなとびきりのネタに飛びつくほどの活力《バイタリティー》も持っていなかった。

訝しげに問い返した。

「そんなネタならもっとちゃんとした新聞社に持ち込めばいいだろうに」

ウィルキンソンは悔しそうに首を振った。

「日記の現物があればそうしてる。手元にあるのは資料《データ》の複写《コピー》だけなんだ。それじゃあ意味がないんだ。俺が手を入れてでっちあげたと思われる」

その可能性は否定できない。

極端な話、シャルルの論文を元に日付を入れて、日記そのものを偽造することだってできるのだ。

バンクス自身、疑惑の表情で尋ねてみた。

「一理あるな。そもそもこれが本物のネタかどうか、どうしてわかる？」

「簡単さ」

ウィルキンソンは悪戯《いたずら》っぽく笑って言ったという。

「このネタを使ってペレリクを脅してみればいい。日記の内容を公表されたくなかったら指定の口座に金を振り込めって。奴が応じれば本物だよ」

「おいおい、物騒だな」

「その金はあんたの報酬にしてかまわない。結構な儲けになると思うよ。――バンクスさん。俺は奴に恨みがあってね。是が非でもあの偽善者を地べたに這《は》い蹲《つくば》らせてやりたいのさ。最終的には奴を現在の地位から叩き落とすことが目的だが、その前に金を搾《しぼ》り取って苦しめてやりたいんだよ」

自分が何をやってきたか少しは思い知ればいいと、ウィルキンソンは鬱屈《うっくつ》した表情で語り、バンクスを見てにやっと笑った。

「ただし、自分でそれをやったら脅迫になるからね。あんたに会えてちょうどよかった」

バンクスは呆れた。

「最初から俺にやらせる気だったのか」

「だって、あんたは失うものはもう何もないだろう。俺としてもこの日記にどのくらいの効力があるのか、正確に知りたいところなんだ。クレイとペレリクの専攻は古代言語学で、俺にはちんぷんかんぷんだし——もちろんペレリクの論文には眼を通したんだよ。このクレイの日記にあるのと同じ語句があちこちに出てくるのも確かだが、この程度ならこの世界では普通のことで盗作とまでは言わないのかもしれない。もしそうなら奴に鼻で笑われて終わりになるだけだ。どっちかを確かめる方法は一つ。実際にやってみる。これだけさ」

「しかし、本当に盗作だったらどうする？」

「それこそ万々歳じゃないか。大金が手に入るんだ。どれだけ要求しても奴は絶対に警察には訴えない。盗作だってことが表沙汰になったが最後、これまで築き上げた地位も名声も粉々だからな」

それもそうかと思ったのは酒が入っていたせいだ。

ウィルキンソンはさっそくその資料をバンクスの端末に転送すると、絶対に安全で確実な金儲けだと笑いながらバンクスを唆《そそのか》した。

「声を変える機械も貸してやるよ。ちょうどいい。今から試してみたらどうだ。番号を非表示にすればあんたが掛けたなんてわからないだろう」

ウィルキンソンのやわらかな物腰と巧みな誘導にまんまと乗せられ、バンクスはほんの冗談か悪戯のつもりで、その場でシャルル・ペレリクに連絡した。

端末の番号はウィルキンソンが知っていた。

口座番号もウィルキンソンに教えられたものだ。

絶対足の付かない口座だというのを信じるよりはおもしろがって、日記の中の文章をいくつか読んで、試しに五百万払えと言ってみたら、何とペレリクはあっさり支払った。

バンクスは仰天した。こうなると馬鹿馬鹿しくて記事にするどころではなくなった。現実に手にした大金の重みは何物にも代え難かったのである。

もっと金をせびり取るほうが断然得だ。

「ちょっと待った」

覆面男《ふくめん》——レティシアが口を挟んだ。

「それじゃあ理事選の出馬取りやめを要求したのは何でだ？」

「ウィルキンソンの奴だ。奴はあくまでペレリクの社会的地位を落とすのが目的だからって」

「——で、あんたは金が目当てか？」

怖々《こわごわ》と頷いたバンクスだった。

何とも間抜けな話ではあるが、人を脅迫して金を要求しておきながら、バンクスは自らの命が危険にさらされる可能性についてほとんど何も考えていなかったのだ。ペレリクは上流階級の出身で要職にも就いているこの星の名士である。本人も裕福であり、妻の実家は大変な資産家だ。一億と吹っ掛けようと、この忌まわしい過去を表沙汰にはできないのだから素直に金を出すに違いないと呑気に考えていた。

要は一振りするだけでいくらでも金貨の出てくる魔法の杖程度に認識していたのである。

「その程度のおつむで、よくジャーナリストなんかやってたもんだ」

素直に感心したレティシアだった。

この分では、恐らくバンクスはカール・クレイが自分と同郷の出身だということは知らないだろう。

同じ小学校だったことも知らないに違いない。

ウィルキンソンは最初からこの男を生け贄《いにえ》にして、

自らは巧みに身を隠す心づもりでいた可能性が高い。

携帯端末を突き付けてレティシアは言った。

「こいつを解除してその日記を出しな」

他人は覗けないように端末には錠《ロック》が掛かっている。

バンクスは震える手で言われた通りにし、端末を差し出した。

受け取ったレティシアはざっと目を通してみたが、専門用語の羅列《られつ》でちんぷんかんぷんの文章である。

理解しようという努力を早々に放棄《ほうき》して、足下のバンクスに眼を移した。

「あんたにもう用はないから消えていいぜ。ただし、二度と変な連絡はしないほうがいい。次は命がない。あんたの頭でもそのくらいはわかるよな」

ほのかな憐憫《れんびん》と明るい揶揄《やゆ》と掛け値なしの殺気を同時に声に籠めるという離れ業を駆使している。

こうした矛盾に満ちた異様さ――得体の知れない不気味さというものは平穏無事な生活に慣れきった人間にはなかなか感じ取れないものであるが、今のバンクスには恐ろしく効果的だった。

大急ぎで頷き、よろめきながらも立ち上がったが、逃げるにしても逃走資金が要る。

レティシアは二階のバンクスの家を覆面で隠した顎で指してやった。

「要りようなものを取ってきな。三分待ってやる」

彼は人を痛めつけることも恐怖心を与えることも知り尽くしている。その上で思い通りに動かせる。

事実バンクスはレティシアの言葉に逆らうなど、思いも及ばないようだった。痛む足を懸命に動かし、転がるようにして二階までの階段を駆け上がった。

その間に、レティシアはカール・クレイの日記を自分の携帯端末に転送して保存し、他にも二、三のちょっとした操作をした。

三分どころか一分と経たずにバンクスは二階から飛び出してきた。階段を駆け下りようとして、まだ階下にいるレティシアを見てぎょっと立ちつくす。

「何にもしないから下りてこいって」

笑いながら言う声に、バンクスは尻込みしながら階段を下りてきた。

レティシアからなるべく離れていこうとするので、脅かさないように声を掛ける。

「もう一度、施錠《ロック》してくんねえ？」

端末を差し出されてバンクスはのけぞった。

面食らいながらも、言われた通りに錠《ロック》を掛けたはいいが、条件反射でポケットにしまおうとする。

「おいおい、いいのかよ。そいつを持ってる限り、あんた、死ぬんだぜ。命あっての物種だろ？」

バンクスは慌てて端末をレティシアに押しつけ、走り出そうとして躊躇った。ここで背中を向けたらまた攻撃されると恐れているのかもしれなかった。

「心配すんなって。今のところ、あんたには生きていてもらう予定だから。タクシー呼んでやったから乗って行けよ」

我ながら親切なことだと思うが、途端バンクスが顔を引きつらせた。何を考えたかは手に取るようにわかるので、レティシアは呆れて肩をすくめた。

「あのなあ、考えすぎ。ごく普通のタクシーだよ。爆弾仕掛けたりしてないから、さっさと行けって」

手を振って追い払う仕草をする。ちょうどそこに無人タクシーが到着し、バンクスは躊躇ったものの、この場から一刻も早く立ち去りたかったのだろう。慌てて乗り込み、車を発進させた。

バンクスを乗せたタクシーが遠ざかるのを待って、レティシアは気絶させた中年男に近寄った。

「いつまで寝てる気だ」

男はぴくりと身動きして、ゆっくり立ち上がった。とうに意識を取り戻していたが、今まで微動だにしなかったのは、仕事の対象が眼の前にいたからだ。レティシアがこの場を去ったらあらためて仕事に取りかかるつもりだったが、対象はもういない。

中年男は立ち上がる際、そっとナイフを握りしめ、その手をさりげなくポケットに突っ込むと、距離を取ってレティシアと向き合った。

気味の悪い目つきでレティシアを見つめてくる。

規制の厳しい連邦大学に銃は持ち込めない。また、持ち込む必要もなかった。強盗に見せかけたほうが追及の手を逃れられるからだ。

眼の前にいる相手は小柄で細身で、簡単に倒せるように見える。こんな相手に不意を食らったことに男は密かに歯ぎしりしていた。

どうやって自分を倒したのか未だにわからないが、油断としか言いようがない。

あり得ない屈辱にじりじり身を焦《こ》がしている男に、レティシアはのんびり話しかけた。

「金であいつの殺しを頼まれたんだよな。だったら、あんたも報酬を受け取って帰んなよ」

中年男は答えなかった。表情は変わらなかったが、腹の中ではこの言い分をせせら笑っていた。

そんなことはできない。

やってもいない仕事をやったと——殺していない者を殺したと報告して報酬を受け取れるわけがない。

そんな嘘がばれたらこっちが消される羽目になる。

「あんたの依頼主が欲しがったのは奴の命じゃない。二度と奴に脅迫されない保証が欲しかったのさ。で、奴はあの通り震え上がってる。二度とこんな真似はしない。つまりあんたはちゃんと仕事をしたわけだ。堂々と報酬を受け取っていいと思うぜ」

そんな馬鹿げた理屈に頷く殺し屋はいない。

まして眼の前にいる相手は顔を隠しても体格や声、何より軽薄そうな口調でわかる。まだ十代のような若さなのだ。

こんな小僧にとやかく言われて素直に引き下がる大人はいない。曲がりなりにも殺しという非合法な仕事を請け負って生きている者ならなおさらだ。

「今からあいつを捕まえるのは人変だぜ。あんたの依頼主に今夜は失敗したって言わなきゃいけないし、そうなればあんたの株も下がるだろう。それよりはちゃんと頼まれた通りの仕事をしたってことで納得してくんないかな？　あんたの分もタクシー呼んでやったからさ」

　奇妙なことに『お願い』するような口調だったが、その調子で困ったように付け加える。

「いやだって言うならあんたに死んでもらわないといけなくなるんだよ」

　中年男はここで初めて言葉を発した。

「貴様にそれができるのか？」

　笑いを含んだ声は明らかに相手を見下している。

　この質問には答えず、レティシアは男を見つめて軽く首を傾げて見せた。

「五、六人くらいかな。あんたが殺《や》った人間の数」

「…………」

「俺さあ、その百倍は殺してるんだ」

　声が変わった。気配もだ。

　中年男は覚えず息を呑んでいた。

　相手の言った数字は図星だった。バンクスは彼にとって六度目の仕事だったが、それだけではない。

　単なる雑魚《ざこ》だと思っていたはずの小僧から、今は押しつぶされそうな威圧感を受ける。

　相手は何もしていない。そこに立っているだけだ。

　それなのに小さな身体が暗闇を吸収して不気味にふくれあがったように見え、その存在感だけで男をねじ伏せたのである。

「銃は使わなかった。爆弾みたいな野暮《やぼ》な武器もだ。俺がやってたのは専門的《プロフェッショナル》な技術を要する仕事で、戦争じゃあない。――意味はわかるな？」

　一つ一つの死をすべて自分の手でつくり出したと言っているのだ。

　無意識に気圧《けお》されたことに男は焦り、必死に隙を探そうとしたが、その心の動きを瞬時に見抜かれ、やんわりと笑って言われる。

「やめとけよ。素人に毛の生えた程度の駆け出しが俺に仕掛けたら一瞬で終わるぜ。――逃げた奴にも言ったけどさ、命あっての物種じゃん」

　中年男の背筋を冷や汗が伝っていた。

　親切そうな口調に紛れた本物の殺気を感じ取れる

能力がこの男にあったのは幸いと言う他ない。

頭の軽い小僧だと思っていた相手は何かとんでもない怪物だったのだ。仕掛けても殺されるだけだと賢明《けんめい》にも察して、男はじりっと足を引いた。

そろそろと下がって、レティシアに攻撃してくる気配がないのを見定めて背を向ける。

「待ちな」

足を止めた男が慎重に振り返ると、レティシアはバンクスの携帯端末を男に放り投げてやった。

「持って帰るように言われてるんだろう」

男は黙って端末を懐にしまうと、そこに到着した無人タクシーに乗って去ったのである。

レティシアは歩いてその場を離れた。

外灯が点《とも》っていて歩くのに不自由はしない。

鬱陶しい覆面と帽子を外して、夜道を歩きながら携帯端末でニコラに連絡した。

「何とかなったぜ」

ニコラは深い安堵の息を吐いたが、レティシアは続けて言った。

「ただし、親父さんはまだ、安心できなそうだぞ。バンクスはただの手先だったんだ。本命が別にいる。脅迫の材料もそいつが持ってるんだ。そいつは多分また連絡してくる」

「脅迫の材料って、なんだったの?」

「おまえの予想とだいぶ違うぜ。これなら表沙汰になっても警察に捕まることはないと思うけどな」

だが、大学時代にシャルルが脚光を浴びた論文が盗作だったという話をすると、ニコラは息を呑んだ。

「それってまさか『古代ケシュトン圏における音素《おんそ》モジュールとその温度差に関する考察』のことじゃないよね」

「タイトルまでは聞いてないが、そいつが有名ならそうなんじゃねえの」

「あれが盗作⁉」

抑えてはいるが、ニコラの声は既に悲鳴だ。

「最悪！　それなら飲酒運転とか人身事故のほうが

ずっとましだったよ！」

「おまえ、すげえこと言うね」

「だって事故なら不注意で済むじゃないか！　あの論文が盗作だなんて……！　そんなことがばれたらパパはおしまいだよ！」

　顔は見えないが、ニコラは頭をかきむしる勢いで盛大にぼやき、曖昧《あいまい》に尋ねてきた。

「……本当に盗作なのかな？」

「でなきゃ親父さんは金を払わない」

「……だよね」

　十四歳の少年とも思えぬ深いため息を吐いたのは、父親に幻滅したからではなく、心配しているからだ。

　レティシアには別に何でもないことだったので、率直にそう言った。

「俺は別にいいと思うけどな。二十五年も前の話で、その原型を書いた本人は親父さんが論文を発表する二年前に死んでる。研究を盗まれたって騒ぎ立てる被害者はいないんだ。今までばれなかったんだから、それで通せばいいんじゃねえの」

「ぼくもその方針に一票入れるけどね。世間はそう好意的には見てくれないよ」

　これまた少年らしからぬ老成した意見を述べると、ニコラはちょっと口籠もった。

「……レット」

「何だ」

　ニコラは何か言おうとして躊躇っていたようだが、結局「……何でもない」と言葉を濁《にご》した。

「何かあったらまた連絡してもいい？」

「いいぜ。あるのはもうわかりきってるからな」

　そう言って通信を切った。

　ウィルキンソンとやらが次はどんな手に出るのか興味があったが、今日はもう遅い。

　レティシアはここでタクシーを拾い、寮に帰って寝ることにした。


　ニコラがやってきたのは火曜の放課後だ。

チェーサー高校の校門の外に黒塗りの車を停めて、授業を終えたレティシアが出てくるのを今か今かと待ちかまえていたらしい。

こんな不審な車が移動を命じられなかったのは、偏《ひとえ》に警官に見咎められるたびに運転手がペレリク総合事務局次長の名前を出したからに他ならない。

レティシアが校門から出ると、ニコラは運転手に命じて急発進で車を寄せ、車が停まるのを待たずに後部の扉を開いて急かしたのだ。

「早く乗って！」

呆れながらも言われた通りにしたが、下校途中の生徒さんたちの眼が痛いの何の――。

極上の革のシートに収まったレティシアは思わず文句を言った。

「おまえな、時と場所ってものを少しわきまえろよ。後で言い訳する羽目になるのは俺なんだぞ」

「それどころじゃないよ！」

ニコラは恨めしげな眼でレティシアを見返した。

リムジンの後部座席と運転席の間には隔壁《かくへき》があり、話を聞かれる心配はない。それでも運転席を窺い、声を低めてニコラは言った。

「この間、イアン・バンクスを助けたってレットは言ったよね。……あれは嘘なの？」

「はあ？」

レティシアはきょとんと眼を丸くした。

「そんな嘘を言う理由がどこにある？」

「本当に……殺してない？」

「あのなあ、言ったろ。俺はもう足を洗ってるんだ。それこそあいつを殺《や》る理由がないぜ」

「わかってるけど、でも……」

ニコラも混乱しているようだった。

「また強請《ゆすり》の連絡があったんだよ」

「ああ、ウィルキンソンだろう。今はどんな名前を名乗ってるかは知らないけどな」

「名前はわからないけど、そいつ……」

口籠もりつつニコラは言った。

「イアン・バンクスが殺されたことを知ってるって、それをやらせたのがパパだってことも知ってるって言ってきたんだよ」

レティシアの顔色が変わった。

「……何だと?」

「日曜の昼にマジソンが頼んだ専門家から『依頼は果たした』っていう報告が入って、それからずっとパパは上機嫌だったんだ。そうしたら……」

昨日の夜、新たな脅迫通話が掛かってきた。

再びシャルルの個人的な携帯端末にだ。

訝しみながら応対したシャルルの顔色は見る間に変わり、転がるように居間を飛び出した。

この時の彼は二階の仕事部屋に上がる余裕もなく、居間の正反対にある書斎に駆け込んだので(そこに盗聴器は仕掛けていない)話が聞けなかった。

広い家もこういう時は不便である。

録音機器とイヤホンを差し出してニコラは言った。

「その後がこれ」

よく聞こうと思って音量を少し上げてイヤホンを耳に当てたら、マジソンの大声がした。

「何ですって⁉」

さらにシャルルの怒号がわんわんと響く。

「何でもへったくれもない! 今言った通りだ! 殺人教唆で逮捕されたくなければ職を辞し、財産のすべてを寄越せと言ってきた! 法外だ!」

レティシアは顔をしかめて音量を少し下げたが、強請に法外も法内もない。学者さんというものは、やはりどこか浮世《うきよ》離れしているらしい。

「きみは言ったな! 絶対に信用できる相手だと! どういうことだ! わたしを謀《たばか》ったのか!」

「まさか! 何かの間違いです!」

光景がまざまざと眼に浮かぶようだった。

新たな脅迫者と話した後、シャルルは血相を変え、秘書を引っ張って、どんな大声を出しても大丈夫な仕事部屋に飛び込み、思う存分ぶちまけたわけだ。

マジソンにとっても寝耳に水の話だったようで、

激しく動揺しているのが声の調子でわかる。

これは正直、意外でもあった。

レティシアはマジソン自身がいずれ脅迫者になるだろうと思っていたからだ。

しかし、今回の件はマジソンではあり得ない。

この時宜《タイミング》、この材料で強請《ゆす》ったりすれば自分が疑われるのはわかりきっているからだ。

「待ってください、今確認します！」

マジソンは自分の携帯端末を使い、相手が出ると、挨拶もそこそこに慌ただしい口調で詰問した。

「マック。どういうことか聞かせて欲しい。きみが依頼した専門家が例の件を警察に話すと言っている。ああ、そうだ！　殺人教唆で逮捕されたくなければ金を払えと脅迫してきた。――そんなはずはない！　現にたった今、連絡があったばかりだ！　明らかにきみの責任だぞ！」

この後、少し沈黙が続いた。

マジソンが相手の言葉に耳を傾けているのだろう。

息詰まるような沈黙の合間に「何だって⁉」とか「誤解だ！」とかいう言葉が何度か聞こえてきたが、語調がだんだん弱くなっている。

最後に短い呻き声と「わかった」という声がして、マジソンが通信を切る気配がした。

シャルルに向かって絶望的な声で言う。

「……違います。彼ではありません」

「奴の言い訳を信じるのか⁉」

「ぼくは彼の連絡先や表向きの職業を知っています。面識もあります。彼が言うには、この状況でこんな材料でぼくを強請って、自分に何の利があるのだと。互いに弱みを握っている間柄では強請は意味がない。そんな真似をするのは愚の骨頂だと」

シャルルは懸命に自分を制しているのだろう。

忙しない足音と大きな呼吸音が聞こえてくる。

何とか落ち着きを取り戻そうとしているらしい。

「では……実行した男が独断で脅してきたのか？」

「いえ、それも違うと彼は言っています。専門家は依頼通りの仕事をし、こちらが要求した例のものに関しても既に指定の場所に送ったそうです」

「何をか言わんやだ！　その男は中身を見たんだ！　クレイの日記を読めばあの論文を発表したわたしにたどり着くのは至って容易ではないか！」

レティシアは呆れて、相手に聞こえないのは百も承知で小さく呟いた。

「親父さん。いくら何でも自惚《うぬぼ》れが過ぎるぜ」

その世界では金字塔のように有名かもしれないが、一般市民にとっては単なる呪文の羅列に過ぎない。

これは実際にカール・クレイの日記を読んでみたレティシアの感想だから確かである。

そして幸いマジソンも一般人の感覚を理解できる人間だった。

「お言葉ですが、門外漢がクレイの日記を読んでも、あの論文と即座に結びつけられるとは思えません。少なくとも高い教養と専門的な知識が必要ですが、マックが依頼した専門家にそんな素養があったとは到底考えられません。それにバンクスは日記自体は持っていなかったそうです。『例のものを出せ』と言ったら施錠《ロック》された携帯端末を寄越し、取り上げた専門家もそれを届けられた彼も中身は見ていない、そのまま郵送したと言っていました」

「信用できるか！」

「しかし、その専門家は昨日のうちに出国しているそうです。旅行者として訪れ、短期滞在中に仕事を済ませて出国するのがいつものやり方だと。先程の連絡は国際通信ではなかったのでしょう？」

「仲間がいるのかもしれないだろう！」

「局次長、そのことですが……」

マジソンがごくりと息を呑む気配がした。

「これはマックの意見ですが、イアン・バンクスに仲間がいたのではないかと」

「何だと⁉」

「そう考えるのが一番辻褄《つじつま》が合うと彼は言いました。事前に調査した時は身辺にそんな気配はなかったが、接触することを故意に避けて、誰かと密かに連絡を取り合っていた可能性は否定できないと」

「馬鹿な、今になってそんなことを言い出すのか？　それがそもそも怪しいぞ！」

「いいえ、ぼくは局次長の端末に連絡してきた人物を捜してくれと言っただけです。マックはその通りにしてくれました。仲間を探せとは言われなかった、だから探さなかったのだと」

　シャルルの盛大な呻き声がした。

「専門家はバンクスの遺体を『絶対に見つからない方法で密かに処理した』と報告したそうです。現に、それらしき遺体が発見された報道《ニュース》はないようですが、連絡が途絶えれば仲間にはすぐに原因がわかります。そしてその仲間は局次長の携帯番号もバンクスから聞いていた可能性があるのではないかと、そもそも局次長の個人的な端末の番号を一般市民が知り得るわけがないだろうと。――筋は通っています」

「では、すぐにその仲間について探らせろ！」

　答えたマジソンの声には絶望的な響きがあった。

「もう無理です。マックはぼくに絶縁を言い渡してきました」

「何だと⁉」

「彼はぼくの主張を『はた迷惑な言いがかり』だと言いました。この世界では信用が第一だと。そんな道理のわからない相手とは安心してつきあえない。二度と連絡してくれるな。掛けてきても自分は出るつもりはないと」

「何様《なにさま》のつもりだ！　いいから掛けろ！」

　マジソンは渋々ながらも言われた通りにしたが、すぐに諦《あきら》めの声を発した。

「だめです。つながりません」

「何とかするんだ！　このままでは……」

　忘れていた恐怖と現実感が急に襲ってきたようで、シャルルがどさりと椅子に座り込む音がした。

「どうしたらいいんだ……」

　その声は悲壮感一色に塗りつぶされている。

声を聞いているだけで一気に老けたようだった。

「わたしはいったい、どうすればいいんだ……」

「局次長……。専門家の言葉が事実ならバンクスの遺体は見つかりません。何の証拠もないはずです」

レティシアは、自分が見逃した男の言い分に微笑していた。絶対に発見されない遺体の処理方法とは、つまり対象者が生きているということだ。

しかし、新たな強請《ゆすり》をしてきた相手はバンクスが殺されたことを知っていると言う。

この食い違いは何を意味するのか――。

録音ではシャルルが疲れた声で話している。

「証拠……証拠だと。そんなものは必要ない。奴は、わたしがこの要求を拒否したら、その時はクレイの日記の件も含めて警察にすべてを話すと言っている。自分の手元にこの日記があって、バンクスが消息を絶っている以上、警察も捜査せざるを得なくなると。そんなことになってみろ……わたしは終わりだ！」

自分は決して表に出ることなく、素性も悟らせず、その上で相手が絶対拒否できない要求を突き付ける。今度の奴はバンクスと違って、さすがにちゃんと考えてるなとレティシアは思った。

これこそ由緒正しい本格的な強請である。

後はひたすら二人で動揺する会話が続いたので、レティシアは再生を止めた。

ニコラは固唾《かたず》を呑んでレティシアを見つめている。

その視線を無視してレティシアは首を傾げた。

「……妙だな」

「何が？」

「相手の要求がでかすぎる。職を捨てて財産を全部寄越せ？　普通に考えてもこれは通らないぜ」

ニコラも頷いた。

「それだけ論文のことばらされたくないだろうって見透かされてるのかもしれないけど、ぼくも同感。この要求はパパには絶対に呑めないよ。ゆくゆくは総合学長の椅子を狙ってるのに退職だなんて」

「いったい、向こうの狙いは何なんだ」

「どういう意味？」

「この後、要求を下げてくるようなら、本当に金が欲しくて強請ってるんだろうが……、もしかしたらそうじゃないかもしれないってことさ」

焦燥のあまりニコラが悲鳴を上げる。

「はっきり言ってよ！」

「わかるように説明してやるよ。何か買おうとして、――どうしても欲しいものをだぜ。値段を聞いたら、手持ちの金を全部と言われたとする。いくら何でも高すぎる。それじゃあ買えないから安くしてくれと言うと、では手持ちの金の半分でいいと言われる。それなら払ってもいいかと納得して、おまえは結局、手持ちの金の半分をきっちり売り主に支払うわけだ。けど、最初に手持ちの金の半分って要求されてたら、四分の一しか払えないって言い返してるはずだぜ。初歩的な商売の技術だよ」

「……わかるよ。最初にわざと相場より高い金額を吹っ掛けて、後で大幅に値引きすることで、結局は希望通りの値段で買わせるわけだね」

「そうだ。この要求は誰がどう考えたって呑めない。だから、この後、要求を下げてくるなら駆け引きだ。変な話だが、ちゃんとこの強請を成立させて、金を受け取る意志があると思っていい。ただし、下げてこなかったら……」

「……どうなるの？」

「向こうが欲しいのは金じゃないってことになる。狙いは親父さんを破滅させることだ」

ニコラはなめらかな頬《ほお》を紅潮させて唇を嚙んだ。

「……そっちのほうかもしれない。パパは精神的に脆《もろ》いところがあるから……」

とても十四歳の少年が父親を語る台詞ではないが、ニコラは真剣だった。

今回の強請の材料は前回より遥かに質が悪い。

学生時代の論文の盗作で逮捕されることはないが、殺人教唆は実刑を食らうことが確実だからだ。

これを聞いたニコラは一睡もできなかった。

朝のうちにエクサス寮に押しかけようとするのを、恐怖と自制心でやっとのことで踏み止まったのだ。

「心配なんだよ。ひょっとしたら、パパは……」

「居間の銃《ピストル》で自分の頭を撃ちかねないか?」

おどけたレティシアの言葉だが、ニコラは真顔で頷いた。

「実刑判決を受けて犯罪者になるなんて、パパには耐えられないよ。あの論文にしたって……そりゃあ盗作は悪いことだけど、二十五年も前のことでしょ。大学を出た後の仕事や業績も全部、他の人の仕事を横取りしたっていうんなら弁解の余地はないけど、そんなことはないってぼくは知ってる。パパは——最初の一歩はちょっとずるをしたかもしれないけど、それだけじゃない。後は自分の力で成功したんだ」

「麗《うるわ》しい息子愛だと思うが、それこそ世間さまはその言い分に納得しちゃあくれないぜ」

「うん……」

ニコラは硬い顔だった。父親を守るための詭弁であることは自分でもわかっているのだろう。

「だけど、その時にこれが発覚して処分されるのと、二十五年もたった今になって公表されるのとじゃあ、変な言い方だけど……公平じゃないと思う。損害《ダメージ》の度合いが段違いだよ」

その点だけはニコラの言い分に理があった。

学生時代なら若気の至りで済んだかもしれない。厳重処罰や、重くても退学で済んだかもしれない。何より、その頃ならどん底まで叩き落とされても、まだ這い上がることができたかもしれない。

しかし、今のシャルルはこれを突き付けられたら、確実に破滅する。二度と立ち直ることは不可能だ。

ニコラもまさにそれを心配しているのだった。

「おまえ、意外に親父さんが好きなんだな」

レティシアがからかうと、ニコラは驚いたらしい。

「意外って何?」

「おまえにとって親父さんは生活費を払ってくれるただの財布で、子どもの体裁を整えるために必要なお飾りの保護者かと思ってたからさ」
「そういうのも含めて居てくれなきゃ困るの！」
憤然と言ったニコラだが、今の状況を思い出して
すぐに悄然《しょうぜん》とうなだれた。
「……どうしたらいいと思う？」
「正直、親父さんがどうなろうと俺には関係ないと
言えばないんだが……」
一つだけ、確認しなければならないことがあった。
レティシアは携帯端末を取り、こんな時は誰より
頼りになる人物に連絡した。
留守番案内につながり『講義中だから出られない、
これこれの時間に掛け直してくれ』と告げてくる。
その休み時間まではほんの五分ほどだったので、
レティシアは五分待って、また掛けてみた。
今度は本人が出た。
「はいはい、せっかちだね。――何？」
「前に見てもらったイアン・バンクスなんだけどよ。
あいつ、あの世に行ったのか？」

少しの沈黙の後、不思議そうな声が返ってきた。
「変なこと訊くんだね。まだ生きてるのかっていう
質問なら立派に生きてるよ」
「……確かか？」
「手札は嘘は言わないよ。それとも今どこにいるか
見たほうがいい？」
「いや、いい。そっか、生きてるか……」
いつものように軽い口調だったが、レティシアの
表情にニコラは思わず息を呑み、さりげなく座席を
後ずさって慎重に距離を取った。
脅かされたわけではないのだが、いつもにやにや
笑っているような男が完全に表情を消してしまうと、
それだけで恐いのである。
事実、レティシアは不快感を覚えていた。
かつての彼は人の命を奪うことを生業《なりわい》としており、
中年男に言ったように何百もの死を演出してきた。
失敗したのはただ一人、リィだけだ。
数百人を殺したことに関しては特別な感慨はない。

何と誹《そし》られようと、それが当時の自分の生きる道だったとしか言いようのないことだ。

ただし、やるからには徹底して極めた。

どんなに入念に準備してもいざ仕掛けるとなると、様々な手違いや予想外の要素が現れることもある。

何が起きてもレティシアは冷静に対処して障害を取り除き、依頼された仕事を完遂してきた。

邪魔はさせなかった。

誰にも、どんな場合にもだ。

今の自分は既に現役の刺客を退《しりぞ》いている。

今回のこれも仕事ではない。

だが、レティシアが見逃すと決め、実行役の男を納得させてバンクスを生かしたにも拘わらず、昨夜シャルルに連絡したその誰かは『バンクスは死んだ、おまえの指図で殺された』と言ったのだ。

自分でも意外なくらい不愉快だった。

「こりゃあ、ちょっと許せねえなあ……」

ニコラはますます怯えて小さくなり、通話相手も異変を感じ取ったらしい。

「何か面倒ごと？」

「面倒と言えば面倒かな。なあ、もういっぺん俺の運勢を見てくれねえ？」

「何を見るの。恋愛運じゃないよね」

「おまえでも冗談言うんだな。そいつはいらねえよ。落とし前を付けなきゃいけない相手がいるんだ」

「あれま、物騒だね」

「心配すんなよ。殺しゃしねえから。ただ、どこの誰かもわからないんだよ。手がかりも何もなくてさ。助けてくんねえかな」

ニコラが眼を丸くしている。

レティシアが素直に助けてくれと言ったからか、それとも意外にやる気を見せているからか……。

「助けるのはいいけど……あれえ？」

何か引っかかったのか、手札を切る音に混じって頓狂《とんきょう》な声が上がる。

「ねえ、レティー。ひょっとして落とし前を付ける相手って、きみの傍《そば》にいる誰かに関係してるの？」

「さすがに鋭いねえ」

ちらっとニコラを見て、レティシアは訊いた。

「そいつ、おまえにはどんなふうに見える？」

「小《ち》っちゃくて、ほんのちょっぴり腹黒くて、でも黒そのものにはなれない星だね。きみが人食い虎のお父さんだとしたら、びくびくしながらお父さんの後をついて歩いてる子栗鼠《こりす》の息子って感じだよ」

端末を持ったまま、レティシアが急に腹を抱えて大笑いしたので、ニコラは驚いた。

「ど、どうしたの⁉」

答えるどころではない。涙が出るほど笑い転げて、レティシアは息を切らしながら目元を拭《ぬぐ》った。

「……最高だわ、おまえ」

自分を『笑い死に』させようかという離れ業など、なかなかお目にかかれるものではない。

「ありがとう。——虹色の柄杓《ひしゃく》ってわかる？」

唐突《とうとつ》な言葉だが、レティシアは真面目に答えた。

「わかんねえ。柄杓が七色に塗り分けられてるのか、それとも七本の柄杓があって全部色が違うのか？」

「それと……猫。黒白ぶちの猫」

「はあ？」

「何か食べるところだと思うね。チーズにハム、卵、パン、アンチョビ、オリーブ。うわあ、美味しそう。もちろんお酒もある」

「ちょっと待てって。白黒のぶち猫が七色の柄杓を持って飯や酒を飲み食いするってのか？」

呆れて言うと、横で聞き耳を立てていたニコラが不思議そうに言ったものだ。

「ドゥオミックのこと言ってるの？」

レティシアは思わずニコラを見た。

決して睨《にら》んだつもりはないのだが、真剣な表情にニコラはのけぞり、慌てて言った。

「軽食堂だよ。立食スタイルの。西部ではあんまり見かけないけど、ログ・セール東部にはあちこちにあるチェーンストアで、確かその商標が派手な色の柄杓をくわえた猫なんだ。……見たことない？」

レティシアは再び端末に向かって言った。

「聞こえたか。何カ所もあるみたいだぜ。その中のどのぶち猫だ？」

「子栗鼠くんのお父さんはどこの大学卒？」

「メートランド」

「それなら、その近くのぶち猫だ」

レティシアはニコラに訊いた。

「メートラの近くにもそいつはあるのか？」

「そりゃあるだろうけど……一口にメートラって言っても広いよ。メートラのどの学校？」

ここは学士課程の一大学と十二の大学院、さらにいくつもの専攻機関から構成されている。

それらすべてを総合してメートランド大学と呼び、上流階級には絶大な人気を誇る大学である。

レティシアは端末に話しかけた。

「学校名はわかるか？」

「鍛冶屋さん」

「はあ？」

素っ頓狂な声が出てしまったのも当然で、そんな専攻分野があるわけがない。美術工芸方面に秀でた特殊な大学なら金属加工という科目はあるだろうが、それを『鍛冶屋』とは言わないはずだ。

「悪《わり》い。もうちょっとわかりやすく頼むわ」

「鍛冶屋さんって人の名前だよ。スミスかスマイス、スマイサーっていうのもあるよね」

あの王妃さんはよくまあこの相手とまともに話ができるもんだと呆れながら、レティシアは忍耐強く繰り返した。

「人名でスミスかスマイスかスマイサーだな？」

これを聞いたニコラが自分の携帯端末を操作した。

「ちょっと待って。調べてみる。メートラの学長はロバートソンだから学院長の名前かもしれない」

ニコラは端末の操作も速い。条件を打ち込んで、結果に素早く眼を走らせた。

「——あった！　医学専門大学院長がジェレミー・

スマイスだよ」

「他には？」

「……少なくとも学院長の中にはいない」

「じゃあ、医専大学院近くのぶち猫を探してみろ」

ニコラはすぐに地図を表示させて確認した。

「あったよ。この近くにドゥオミックは一つだけだ。プラティ市、ハミルトン通り17番地」

プラティ市はログ・セール東部の市である。

大陸西部のこの街からはかなりの距離がある。

どうしたものかと思案したレティシアだった。

目差す相手はまさか経営者ではない。客のはずだ。

しかし、こうした形態の店はごく短い時間に客が入れ替わり立ち替わりしていると思っていい。

しかも困ったことに相手の人相もわからない。

何より、探す相手がいつそこに現れるのか——。

端末の向こうから声がした。

「今のところ確実なのは金曜の夜」

（おっかねえ……）

こっちの心を読まれているんじゃないかと思わず苦笑しながら、レティシアは訊いた。

「時間帯をもうちょい絞れないか」

「土曜日じゃないのは確かだから深夜は回らない。金曜になったらもう一度見てみるよ」

「頼んでいいか」

端末の向こうで笑い声がした。

「もう頼んでるじゃない。子栗鼠くんのお父さんはずいぶん困ってるみたいだね」

「いっそ、おまえを紹介したほうが早いような気がするんだけどよ」

この相手には果たしてどこまで見えているのかと空恐ろしくなるが、レティシアはずばりと訊いた。

「親父さんは金曜の夜まで保《も》つか？」

「何とも言えないね。微妙なところだと思う」

金曜までシャルルが逮捕されたり、自分で自分の頭をぶち抜いたりしない保証が欲しいところだが、それは運を天に任せるしかないということになる。

「ちょっと気になる手札が出たんだけど、わかる？　紙の本は鍛冶屋さんが持っている」

レティシアは思わず端末を握り直した。

「何だって？」

「言った通りだよ。ぼくには意味がわからないけど、紙の本――もしくは帳面は鍛冶屋さんが持っている。ヒントになるかな」

レティシアは大きく息を吐き、つくづく感心して言ったものだ。

「――現役時代、おまえみたいなのがいてくれたら、どれだけ助かったかと思うぜ」

「そういうことでしみじみされても困るんだけど」

「いや、冗談抜きに助かったぜ。ありがとうよ」

「きみにお礼言われると、何だか恐いね」

相手は楽しげに笑い、金曜になったら連絡すると言って通信を切った。

通話を終えたレティシアは自分の端末を使って、ジェレミー・スマイスについてざっと調べてみた。

ニコラは激しい焦燥を感じてじりじりしていたが、何をしているのかとは訊かず、じっと黙っていた。

相手は何しろ人食い虎のお父さんである。自分が子栗鼠の息子と評されたことはまさか知らなくても、迂闊に邪魔などできるわけがない。

ややあって、思った通りの検索結果を確認すると、レティシアはニコラに眼を移した。

「おまえ、親父さんを助けたいんだよな」

「最初にそう言ったじゃないか」

「じゃあ協力しろ」

「今してるよ。もっと具体的に言ってよ」

「口の減らねえ奴だな。そうさな……家に帰ったら、次の週末にまた俺を家に呼びたいって両親に言え。今度は晩餐《ばんさん》に招待したいって言うんだ」

ニコラは複雑怪奇な顔になった。

恐る恐る尋ねる。

「あのさ、それ、ぼくが呼びたがってる……ことにするわけ？」

「おまえの意志を無視して強引に押しかけたんじゃ、俺ははた迷惑な招かれざる客だぜ。親父さんに俺をもてなす理由はない。おまえが熱心に呼びたいって言えば俺は正賓《せいひん》だ。息子の知り合いの十代の客でも我が家の晩餐に招待する以上、きちんともてなして帰さなければ恥になるって、世間体を気にする親父さんなら考えるんじゃないか。そう思ってくれれば少なくとも金曜の夜までは早まった真似はしない。張り切って主催者《ホスト》を務めてくれると思うぜ」

レティシアの言い分は客観的に見て正しかった。

家でパーティを開く時も隙のないように神経質に気を配るのは母ではなく父のほうだ。

お客に対して気を使うのではなく、自らの失態と思われるのがいやだから完璧《かんぺき》を期すのである。

レティシアの口から自分の家のもてなしがいかにすばらしかったか、どれだけ満足したか、そうしたことを大いに人に語ってもらいたいはずだ。

家に呼ぶのはちょっと（実はかなり）恐いのだが、ニコラは悲壮な顔で頷いた。

「わかった……。金曜の夜に、どうしてもレットを晩餐に招待したいって言えばいいんだね」

「ああ。それと、帰りは遅くなるだろうから、夜はおまえん家《ち》に泊めてもらうわ」

座席の上でニコラが飛び上がった。

その顔がみるみる青ざめ、唇まで紫色になる。

頭で納得しようとしても短い時間家に入れるのと、同じ屋根の下で眠るのとでは雲泥の差だ。

あのおまじないは『ぼく』に有効なのであって、それ以外の人物には果たして適用されるのか……。

ごくりと喉を鳴らして、ありったけの勇気を振り絞ってニコラは尋ねた。

「……パパやママには……うちの人間にもだけど、本当に何もしない？」

「こっちが逆に訊きたいぜ。『何』のために『何』をするんだ？」

と言われても、レティシアが八人を殺害するのに要した時間はたった数分。

うち三人は刃物で斬られて血まみれになったのに、斬った本人は返り血もあびなかった。

これだけの凄まじい手際を目の当たりにした以上、ニコラが震え上がるのも、レティシアを見境なしに殺して回る無差別殺戮犯《さつりくはん》と見なすのも無理はないが、レティシアには厳密な線引きがある。

少なくとも気まぐれで殺したことは一度もないが、それをニコラに理解しろというのは酷な話であり、レティシアも理解を求めるつもりなどなかった。

「いいから俺の言う通りにしろ。それが親父さんを助けることになる」

「……わかったよ。何をすればいいの？」

尋ねた時点ではたいていのことは承伏するつもりだったが、レティシアから具体的な指示を聞くと、ニコラは車の天井まで飛び上がった。

この時ばかりは相手が誰であるかも忘れて猛然と首を振った。

「やだ！　やだやだやだ！　絶対無理！」

それだけは絶対できない！　死んでもいや！　と血相を変えて訴えた。

この相手には冗談でこんなことは言えない。

こんなことが言える程度にはレティシアに慣れて恐怖心が薄れたというよりは、あまりのことに我を忘れたというのが正しい。そのくらい必死だったが、レティシアはもちろん受け付けなかった。

「無理でもやるんだよ」

「でも！」

「でもじゃねえ」

「だって！」

「だってじゃねえ」

「何でそんなことしなきゃならないのさ！」

「舞台をつくるのに必要だから」

「言ってる意味わかんないよ！　舞台って何!?」

ニコラも必死である。

「それこそ常識で考えてよ！　そんなことして後で

どうなると思ってるの⁉」

「心配ねえって。全部丸く収めてやるからよ」

「どうやって⁉　馬鹿じゃないの！」

「くどいぞ」

　これ以上の反論も疑問も許さない。短い言葉にはそれだけの迫力が籠もっていた。

　ニコラは竦み上がったが、それでもまだ躊躇いは消えなかった。

　そのくらいレティシアの要求は度外れているが、睨み合いになったら勝負など決まっている。

　ニコラはたちまち圧倒されて、この世の終わりの文句を暗誦《あんしょう》するような表情と口調で言った。

「金曜にレットを晩餐に招待して、泊まっていってもらいたいって……パパに話せばいいんだね」

「あくまで熱心にだぜ。忘れるなよ」

「でも……その後のは……やれって言われたって、どうすれば……」

「その前にちょっと移動しようぜ」

　確かに少し長く車を停めすぎている。

　ニコラは運転手に言って、車を発進させた。

　快適に走り続ける車の中で、レティシアは金曜の夜にニコラが取る行動について逐一《ちくいち》指導した。

　ニコラは青くなったり赤くなったり、泣きそうになったりと大忙しだったが、『やる』と約束させて、レティシアは寮の近くで車を降りた。

　歩いて寮に戻り、友人たちと少し雑談し、自室で宿題を終えて、夕食を済ませた。

　それから同じ寮の別の部屋を訪ねた。

「よう、暇ならちょっと手を貸してくんねえ？」

　ヴァンツァーは例によって例の如く、いやな顔をするかと思いきや、意外にも素直に頷いた。

「ちょうどいい。俺も近々おまえの手を借りたいと思っていたところだ」

「そっちも何か面倒を抱えてるのか」

「面倒というよりは……」

　珍しく言葉を濁してヴァンツァーは肩を竦めた。

自分でもよくわからないのかもしれなかったが、こんなことを呟いた。

「ここに来て人とのしがらみや縁《えにし》というものを気に掛ける羽目になるとは……奇妙なものだな」

ヴァンツァーの言いたいことは、レティシアには何となくわかる気がした。

今までの彼らの人生において不要だったものだが、当たり前の人の中で暮らす以上、多少なりとも人と交わらずにはいられない。

「わずらわしいかい？」

ヴァンツァーは真顔で首を振った。

「いや、そうでもない」

「じゃあ、お互いさまってことで。そっちはいつ頃、手がいるんだ」

「恐らく来週」

「じゃあ、こっちを先に頼むわ」

それから二人は週末にどう動くかについて簡単な打ち合わせをした。

4

金曜の夜、レティシアはめいっぱいおしゃれして、ペレリク家を訪れた。

高校生にもなればダンス・パーティに出る機会も多い。かく言うレティシアは今まで一度もそういう場に顔を出したことはないが、正式な席で困らない必要最低限の服くらいは用意してある。

と言っても、友人の家の晩餐にまだ高校生の彼が正式なタキシードを着用したら却《かえ》って奇異に映るし、第一そこまでちゃんとした礼装は持っていないので、金ボタンの紺《こん》のブレザーに明るいチェックのパンツ、シャツの内側にスカーフのようなアスコットタイを結んで、足下は子牛革の靴《くつ》という出で立ちである。

出迎えてくれたオブライエンもレティシアを見て、感心したようだった。好意的な笑顔で言ってくる。

「ようこそいらっしゃいました」

まず広間に案内された。そこにみんな揃っていて、シモーヌが眼を見張って言ったものだ。

「まあ、レット！　とってもすてきよ」

そう言うシモーヌもさりげなくドレスアップして、胸元に華やかなブローチを着けている。

「こんばんは。シモーヌ。そのシルバーのドレス、とてもよくお似合いですよ。——これはあなたに」

流暢《りゅうちょう》に言って用意の花束を渡すと、シモーヌは歓声を上げて喜び、レティシアの首を抱きしめた。

「やあ、よく来てくれたね」

シャルルも笑顔で話しかけてきて、レティシアはもう一つの手土産《みやげ》の酒瓶《さかびん》を差し出した。

「これはペレリクさんに。あんまり上等なものじゃありませんけど」

「いやいや、値段じゃないさ。きみの年でこういう気遣いができることこそが立派だよ」

「今日はお招きありがとうございます。人様の家に呼ばれるのなんて初めてだから……緊張してます」

照れくさそうに言ってみせたものの、シャルルの顔を見ただけで、レティシアは内心舌打《したう》ちしていた。

(こりゃあ、まずいな……)

ニコラとはあれから毎日、連絡を取っていた。

職を辞して全財産を寄越せという脅迫は連日続き、シャルルは必死に値引き交渉をしているが、相手は頑として応じようとしないという。

昨日の夜の段階では、『よい返事』をもらえない限り、週明けにも警察に何もかも打ち明けるという最後通告を言い渡されたというのだ。

その翌日に息子の友達を招待した晩餐なのだから、どんなに隠しても『こんな時に……』という思いが顔に出るのが普通である。

ところが、シャルルは妙に晴れ晴れとした表情で、レティシアに握手を求めてきたのだ。

「きみに会えて本当に嬉しいよ」

追いつめられた人の心理に詳しいレティシアには、この態度は要注意を通り越して危険信号だった。

ただし、穏やかに微笑んでいても焦燥した様子は隠せるものではないので、レティシアはさりげなくそれを指摘してみた。

「ペレリクさん。何だか顔色がよくないようですが、お体の具合でも?」

すかさずシモーヌが口を挟む。

「そうなの。あなたからも言ってあげてちょうだい。本当にこの人ったら、病み上がりなのに無理ばかりするんだから」

「シモーヌ。お客さまの前でそんな話はよしなさい。せっかくの晩餐なんだ。楽しもうじゃないか」

シャルルが笑顔で取りなした。

この場には他に二人の人間がいた。

一人はニコラで、もう一人は初めて見る顔だ。

二十代の青年で、痩《や》せ形の筋肉質の体軀《たいく》に上等なディナージャケットを着ている。

RiKA.S

ニコラと談笑していた青年はレティシアを見て、笑顔で歩み寄ってきた。

「ニコラの家庭教師のアリステア・スターリングだ。よろしく」

「レティシア・ファロットです。あなたもメートラ出身ですか?」

「そうだよ。去年、学士課程を卒業したばかりだ」

「院には進まなかった?」

端的な質問にスターリングはちょっと驚いたが、気分を害することもなく笑って答えた。

「院にはいつでも入れるからね。今は実地で経験を積んでいるところなんだ。いずれはスポーツ科学を専攻する予定だよ」

高校生のレティシアに対しても丁寧な口調で話すところはさすがである。このくらいでなければ住み込みの家庭教師などは務まらない。

そもそも家庭教師とは有名大学の肩書きがあれば誰でもできるというものではない。

厳密な査定がある。

第一に、勉強だけが得意で運動の苦手なガリ勉は真っ先に失格になる。少なくとも上流階級に属する家庭では歓迎されない。そんな『偏《かたよ》った』人物では子どもの教育に悪いと判断されるからだ。

文武両道が基本だから成績がいいだけではなく、得意なスポーツも二つはあるのが絶対条件である。

スターリングはまさにその典型だった。

筋肉質の身体に白い歯がきらりと光っている。

これぞ『さわやか!』の見本のような好青年だが、よくよく見ると、あまり美男子とは言えない。

その点も重要で、実は男女ともにあまり美形でも家庭教師としては好まれないのである。

だが、快活な表情と言葉遣い、やわらかな物腰で、充分好印象を与え、実物以上によく見せている彼はレティシアにも熱心に話しかけてきた。

「きみはスポーツは何をやっているのかな」

「授業では陸上と球技を選択しています」

「ジャンルは何？」

「三段跳びとゴルフ。――地味でしょ？」

だからあんまり言いたくなくてと、レティシアは苦笑したが、スターリングは顔を輝かせた。

「へえ、三段跳びか！　どのくらい跳べるの？」

「いやあ、あんまり成績はよくないんですよ」

シャルルが上機嫌で言ってきた。

「さあ、続きは食事をしながらにしよう。メイヤー夫人が腕を振るった傑作が待っているぞ」

夫妻に案内されて、この間は入らなかった食堂に向かった。家の広さからある程度は予想していたが、恐ろしく天井の高い立派な食堂だった。

巨大な食卓は二十人が一度に座れそうなほどで、花を模した陶器《とうき》の骨董品が飾られている。

わざわざつくりものの花を飾るのは本物を飾ると料理の匂いを妨げるという配慮からだろう。

五人が席に着いて、和やかに食事が始まった。

メイヤー夫人の料理人としての腕前はすばらしいものだった。

レティシアは素直に感心し、料理を出される度に賞賛を惜しまず、きちんとした作法を守って食事を続けたので、ニコラも密かに安堵していた。

自分が招待したいと強く言った手前があるので、彼の行儀《ぎょうぎ》が悪いと自分が恥を掻くからである。

スターリングは食事中も決しておざなりではない好意を示して、レティシアにいろいろと話しかけて会話を途切れさせなかった。

それはレティシアがこの饗応《きょうおう》に感謝しながらも、場違いな空気に少し緊張している様子だったので、彼なりの配慮だったのだろう。

レティシアも客の務めとして、くつろいだ様子を見せながら会話に応じていた。

「ニコラは今は何を勉強してるんですか？」

「今は主に一般教養だね。語学、数学、自然科学、社会学まで一通り学んでる」

「それを全部一人で教えてる？」

「もちろん、一般教養程度ならぼく一人で充分だよ。この先ニコラが専攻を決めたら、もっと高度な家庭教師が必要になるだろうがね」

ニコラは今の家庭教師を気に入っているようで、熱心に言ったものだ。

「ぼくはアリステアの講義がいい。わかりやすくておもしろいもん。――ねえ、レット。この後ぼくの部屋でゲームしようよ」

すかさずシモーヌが釘を刺した。

「金曜の夜だし、お友達が泊まりに来て嬉しいのはわかるけど、夜更かしはだめよ」

「わかってるってば」

こんなふうにして晩餐を終えると、レティシアは夫妻のもてなしに丁寧に礼を言って別れ、ひとまず二階の寝室に通された。

案内してくれたのは小間使いのリュシェンヌで、通されたのは浴室つきの寝室だった。

「うわあ……すごいや。寮の小さくて硬いベッドに慣れてるからこんな立派なベッドで寝られるかな」

大げさに驚いてみせると、リュシェンヌは笑って鍵を差し出してきた。

「こちらがお部屋の鍵になります」

複製はまず不可能な最新式の電子錠だったので、レティシアはますます驚いた。

「ほんとに高級ホテルみたいですね」

「このお屋敷には客間が七つもあって、その全部にお客さまがお泊まりになることもありますから」

リュシェンヌは壁につくりつけの戸棚《クロゼット》を開けて、ずらりと並んだ衣類を見せた。

「部屋着や寝間着を用意しておきました。下着類は新品ですから、ご遠慮なくお使いください」

「下着って……」

ちょっと驚いてレティシアは言った。

「俺に合うのなんて、この家にはないんじゃ？」

「ですから奥さまに言われて用意しておきました」

あっさり言われて、レティシアは恐縮した。

「すみません。却って気を使わせちゃいましたね」

普段の彼とは別人のような優しい口調である。

リュシェンヌはレティシアよりだいぶ年上だが、『坊っちゃま』の友人の少年が自分に丁寧に接してくれるのが嬉しそうだった。

「一泊するだけなら男の子は身の回りのことなんか考えないだろうし、こちらからお招きしたのだからこのくらい当然だと奥さまはおっしゃってました」

「後でシモーヌさんにお礼言わなきゃ」

レティシアはますます恐縮した。

「寮にいる時は掃除も洗濯《せんたく》も自分でやるんですけど。――スターリングさんも客間を使ってるんですか」

「はい。小さな客間ですけど、立派なお部屋です。お掃除やお洗濯はわたしの仕事ですけど……」

言葉を濁したリュシェンヌの表情を見逃すようなレティシアではない。さりげなく尋ねてみた。

「リュシェンヌさんはあんまりスターリングさんのことが好きじゃないの？　いい人に見えるけど」

「……あの人、わたしたちには態度が違いますから。多分、召使いなんて人間だとも思ってないんです」

「そうなんですか？」

レティシアは素直に驚いて眼を丸くしてみせた。

リュシェンヌは相手が年下ということもあってか、自嘲《じちょう》気味に苦笑して、そっと打ち明けた。

「奥さまや旦那《だんな》さまの前ではとてもいい人ですから、信頼されてるんです。坊っちゃまにも。――でも、わたしがこんなこと言ったの内緒にしてくださいね。陰口をきくなんてはしたないって叱られますから」

「ええ？　変だな。リュシェンヌさんの言うことが本当ならスターリングさんが叱られるべきでしょう。人を職業で差別するのはいけないことだって、俺は学校で教わりましたよ」

「職業じゃないです。多分、学歴ですね。あの人、オブライエンさんにはちゃんと丁寧に話すんですよ。オブライエンさんは一流の大学を卒業してますから。――でも、オブライエンさんのいないところでは、やっぱり悪く言ってます。あの大学を出て家政婦をやってるだなんて『身を持ち崩した』も同然だって。比べるとわたしは大学も出てないし、頭が悪いのもほんとですから」

「そんなこと言っちゃあいけません。自分で自分の値打ちを下げちゃいますよ」

真面目に言い諭して、レティシアは大げさに顔をしかめた。

「でも、悔しいなあ、そんなの」

スターリングに対する不快感とリュシェンヌへの同情を表して、レティシアは何か悪戯を思いついた子どものように眼を輝かせた。

「リュシェンヌさん。ほんのちょっぴり仕返ししてやりませんか」

「だ、だめですよ。わたしが怒られるんですから」

「だから俺が代わりにやります」

レティシアは小声でリュシェンヌに何か耳打ちし、リュシェンヌはびっくりして眼を見張った。

「そんなことできるんですか⁉」

「ええ、寮では日常茶飯事《さはんじ》ですよ。毎日が戦いです。もちろん女の子にこんな乱暴なことは絶対しません。そこは誤解しないでくださいね。でも、男同士なら、このくらいやっても笑い話ですむでしょう」

リュシェンヌは呆気に取られたようだが、喜んで『悪戯』に協力すると約束した。


その後、用意の部屋着に着替えて、レティシアはニコラの部屋を訪れた。

ニコラも部屋着に着替えていたが、レティシアはニコラには何も言わせずに尋ねた。

「居間の銃を入れてる額《ケース》の鍵は？」

「パパが持ってるよ。——何で？」

「危なかったな。今日までよく保《も》ってくれたもんだ。ありゃあ本当に警察が家に乗り込んできたら、頭をずどんとやる気だぜ」

ニコラは息を呑んだ。

「ど、どうしてわかるの？」

「わかるんだよ」

山ほど見てきたものだ。見違えようがない。

良くも悪くも腹をくくってしまった人間の顔を。

「決心してても本当にやれるかどうかはまた話が別だ。特に親父さんみたいなお坊ちゃんは最後の最後まで躊躇うかもしれない。さんざん迷ったあげく止める可能性もあるが、とにかく今はやる気満々だぜ」

職を辞して全財産を寄越せという要求は呑めない。

こんな要求は端から呑めるわけがない。犯罪者として逮捕投獄されるのも、世間の晒し者になるのも、これまで築き上げてきた地位や名誉、何より自分の人生が汚辱にまみれるのも耐えられない。

警察が乗り込んできたらその時は潔《いさぎよ》く——などと考えているのだろう。

家族に迷惑を掛けたくないからというよりは己の悲壮美に浸《ひた》ってしまっているのだ。

「きっと仕事机の中に遺書を用意してると思うぜ。親父さん、そういうタイプじゃねえ？」

ニコラは苦いため息を吐いた。

「パパはそういうところがほんと困るんだよ……」

「時間は覚えてるな？」

「うん。十一時十分前だね」

今朝、レティシアに告げられた行動開始時間だ。

「間違えるなよ」

「うん」

頷いたもののニコラはまだ踏ん切りがつかないでいるらしい。遠慮がちに問いかけた。

「レット。ちゃんと言われた通りにするけど、何が狙いなのかだけでも……教えてくれない？」

「言ったろう、親父さんを助けるためだ。おまえは何も知らないでいるほうが都合がいいんだよ」

無茶な理屈だが、反論を許さない迫力である。

ニコラは観念して頷かざるを得なかった。

この頃シャルルは夕食を済ませると、そそくさと仕事部屋に籠もってしまう。

シモーヌが仕事のしすぎだと夫に不満を洩らしているのもそれが原因だった。

シャルルは本来、仕事と家庭生活を分ける主義で、これまでは夕食を済ませた後、家族と過ごす時間を大事にしていたからなおさらだ。

今日も仕事部屋に向かおうとする夫にちょっぴり恨めしそうな声を掛ける。

「今日はマジソンはお休みを取っているんだから、お仕事になんかならないでしょう」

「一人で片づけられる仕事だってあるんだよ」

「でも、このところずっとじゃない」

「すまないね。明日には終わる予定だから。日曜は久しぶりに二人で出かけよう」

シモーヌは歓声を上げて夫に抱きついた。

「きっとよ。嘘をついたらひどいから」

「ああ。何としても時間をつくるよ」

妻に約束して、シャルルは仕事部屋に籠もった。


シモーヌに言ったことは嘘ではない。既に職場の整理はほとんど済ませ、残るはこの仕事部屋だけだ。

マジソンがいないので少々勝手がわからないのは困るが、このところ彼には働かせっぱなしだったし、職場の整理も大方の目処《めど》がついたので、久しぶりに外泊の休みをやったのである。

そう、マジソンにも新しい職場を見つけてやって、紹介状を書いてやらなくてはならない。

シャルルは妙に晴れ晴れとした顔をしていた。

憔悴しきってはいるが、何か吹っ切れたような、強請《ゆす》られて動転していた頃とは別人のような顔だ。

熱心に端末に向かっていたシャルルはふと疲れを覚えて時計を見た。そろそろ十一時になる。

もう一頑張りするかと思った時、静かに扉を叩く音がして、息子が顔を出した。

「パパ。ちょっといいかな。話があるんだ」

こんな時、顔をしかめて「今忙しいんだから後にしなさい」なんて言う男は父親失格である。

それでなくとも息子と過ごせる時間がどのくらい残っているかわからないのだ。優しく話しかけた。

「もう遅いのにまだ寝てなかったのか。どうしても今でなくてはいけない話かい？」

「うん」

寝間着のニコラは緊張しながら部屋に入った。

正直なところ今すぐ背を向けて逃げ出したかった。

心の中でレティシアに対する呪いの文句を延々と唱えていたが、ここで引き返すことはできない。

今の自分の役目にものすごく抵抗を感じながら、ニコラは大きく息を吸い、思いきって言い出した。

「デュークたちのことなんだ」

シャルルは訝しげな、気掛かりそうな顔になって、父親の情愛の籠もった言葉を掛けたのである。

「ニコラ。そのことはもう忘れたほうがいい」

十四歳の息子は悲痛な顔で首を振った。

「無理だよ。忘れられっこない」

シャルルの顔がますます曇る。

ニコラは今まで決してそのことを口にしようとはしなかったからだ。

殺し合いの現場は凄惨なものだったようで、殺人現場を見慣れている警察官までが顔色を失っていた。

父のシャルル以上に彼らのほうがとても心配して、息子さんの心のケアには充分気を配ってくださいと念を押されたくらいである。

事件直後のニコラは家に戻った後も強張った顔を崩さず、自分や妻ともほとんど話そうとしなかった。

さりげなくカウンセリングを勧めてもみたのだが、息子は乗り気ではなく、事件について語るのを極力避けているようだった。はらはらさせられたものの、幸い程なくして息子は明るさを取り戻した。

家庭教師の話では勉強にも熱心に取り組むようになり、よくしゃべるようにもなったから、いわゆる心理的後遺症——心的外傷後ストレス障害の心配はしていなかった。

「言ってごらん。何かその、思い出して辛いのなら、一緒に専門家に相談しに行こう」

「違うんだよ、パパ。ぼく、デュークに脅かされて逆らえなかったって言ったけど……違うんだ」

ごくりと唾《つば》を飲み、ニコラはいよいよ意を決して打ち明けたのである。

「自分から仲間に入ったんだよ」

「……何だって？」

「大学で初めて解剖をすることになって……予習のつもりだった。死体は滅多に手に入らないけど……生きた人間なら……いなくなっても困らない人間がいくらでもいるってデュークが言い出して、みんな賛成したんだ。――ぼくも」

シャルルは呆気に取られて息子を見つめている。

「場所はアンディが探した。肝心の実験材料をどうやって捕まえるのか、デュークに訊いたら、自分の命令で動く男たちがいるから簡単だって」

当時を思い出してニコラは唇を噛み、頭を上げて、まっすぐ父親を見つめて言った。

「だから、やった。デューク、アンディ、マット、ブラッドが一体ずつ解剖した。ぼくは……やらせてもらえなかったけど、すぐ隣でそれを見てたんだ」

「ニコラ……！」

シャルルは蒼白な顔で悲鳴を上げた。

「一体――実験材料？　何を言ってるんだ！　その人たちは人間だぞ！　みんな……みんなまだ生きていたんだろう⁉」

「だってパパは言ってたじゃないか。失業者なんて――一時的な失業なら仕方がないけど、失業保険を当てにして働かないような連中は社会のクズだって。だったら何人か減ったってかまわない理屈でしょう。誰も困らないんだから」

「ニコラ！」

シャルルの顔が真っ赤になり、声に激しい怒気が加わった。

「おまえは自分が何をしたかわかってるのか⁉」

「パパだって人を殺したじゃないか！」

シャルルは絶句した。

ニコラは泣きそうな顔で頷いた。

「ぼく、この部屋に盗聴器を仕掛けておいたんだ。全部聞いてたんだよ。あの論文が盗作だってことも、イアン・バンクスって人を殺させたことも」

「ニコラ……」

「ぼくも人殺しになるところだった。最後がぼくの番だったんだ。だけど、デュークはレットに実験で負けたのが悔しかったんだよ。次は彼にしようって言い出して……レットとレットの友達を連れてきて、そこで仲間割れが起きて……みんな死んだんだ」

父親はあまりのことに声を失っていた。

現実のこととは思えなかった。

自らが過去に犯した過ちと現在の罪を息子に全部知られていたこと。

息子が自ら進んで殺人を犯そうとしていたこと。

何もかも悪い夢に違いない——夢であってくれと無意識に願って茫然と突っ立っていた。

上流階級に生まれ、順調に選良《エリート》の道を歩んできたシャルルはこんな非常事態に直面したことはない。それは何もシャルルに限ったことではない。誰であろうと絶句する局面だ。

しかし、彼には息子がいる。

何も言わずに棒立ちになっている父親を見つめて、ニコラは弱々しく尋ねたのだ。

「殺人教唆でパパを捕まえに警察が来たら、ぼくも殺人の共犯と殺人未遂で逮捕されるのかな」

「馬鹿なことを言うんじゃない！」

我に返った。シャルルは思わず進み出て、息子の肩をしっかり摑んだ。息子の顔を覗き込みながら、恐ろしいような表情で尋ねる。

「ニコラ。おまえは誰も殺していないと言ったな。それは本当か？」

「ほんとだよ。ぼくは記録係をやってただけ」

「そうか……」

シャルルは大きな安堵の息を吐いた。

「大丈夫だ……。おまえは何も心配しなくていい。パパがおまえを守る……必ず守ってやるからな」

息子を抱きしめて、父親は激しくすすり泣いた。


スターリングは舌打ちしてイヤホンを外した。

興奮に眼を輝かせ、慌ただしく携帯端末を取って相手を呼び出した。

「おい。今どこだ?」

「食事を済ませたところだ。何かあったのか?」

「まずいことになった。ここを追い出されそうだ」

盗聴器のことを話した以上、シャルルは入手先を追及するに決まっているし、ニコラが自分の名前を告げるのも確定的だ。もしかしたら、もうすぐこの部屋に乗り込んでくるかもしれない。

今夜はしのげても、盗聴器なんかを与えるなんて息子に著《いちじる》しい悪影響を及ぼす危険人物と見なされ、人物証明書も付けてもらえずに解雇されるだろう。

とんでもない汚点になるが、通話相手は明らかにたいした問題だとは思っていないようだった。

「かまわんさ。どのみち引き上げ時だろう」

「そういう問題じゃない。あんたの口車にまんまと乗ったせいで俺の経歴に傷がつくんだぞ」

「今さらそれを言われても困るな。報酬なら充分に払ったはずだ」

「足らないな。ペレリクを確実に辞任に追い込めるとっておきのネタがあるんだ。いくらで買う?」

「必要ない。これだけ脅せばもう充分だ」

「そいつはどうかな。あんた、月曜には辞任のみの要求に切り替えるって言ったが、ペレリクが素直に応じなかったらどうする? 殺人教唆を指摘してもまだ応じようとしない曲者なんだろう」

端末の向こうの声が苦笑した。

「交渉術を知らないのか。最初に高い金額を言って、後で値引きすることで要求を呑ませるんだ。実際に話している感じでも奴は相当追いつめられている。辞職で許してやると言えば応じるだろう」

スターリングは相手の言い分を鼻で笑った。

「つまり確証はないわけだ。昨日の段階では、奴は告発できるものならしてみろと開き直ってるしな」

「口だけだ」

「あんただってそうだろう。実際あんたには警察に行く気なんかさらさらないんだ。何とかペレリクを翻意させなきゃならないはずだぞ」

向こうの声が少し変わった。

「何が言いたい?」

「だから奴の決定的な弱みを摑んだと言ってるんだ。これを突き付ければ間違いなく辞任させられるぜ」

「本当だな?」

「絶対に確実だ。公表できないのが残念なくらいの、世間を揺るがす大醜聞だからな。くれぐれも俺から洩れたことはばれないようにしてくれよ」

「ずいぶん強気じゃないか」

「そうさ。ペレリクの奴を破滅させるには充分だ。——待てよ」

スターリングは名案を思いついて声を上げた。

「おい、条件は変えるな。今の要求で押し通すんだ。このネタを使えば、奴はこっちの言いなりだからな。本当に全財産を差し出すかもしれないぞ。もちろん俺もそれ相応の分け前をもらう」

相手はますます興味を示したようだった。

「そこまで言うからには確かなネタなんだろうな」

「聞いて驚くなよ——」

スターリングは勿体を付けて、シャルルの息子が、あの連続猟奇殺人事件の一味だと続けようとしたが、声は出なかった。

後ろから音もなく伸びてきた手がスターリングの喉をがっちり捕らえたからである。

その右手指は鋼《はがね》の楔《くさび》のように喉の急所に食い込み、身動きさえも許さない。

レティシアは空いた左手でスターリングの端末を取り上げると、右手に少し力を籠めた。

それだけでスターリングはたちまち意識を失って

床に倒れたのである。

端末の向こうからは『おい、どうした？』という呼びかけが盛んにしていた。

レティシアはしばらく待ち、その呼びかけが急に途絶えたのを見計らって端末に話しかけた。

「よう。首尾は？」

「確保した」

答えたのはヴァンツァーの声だった。

彼が今いるのはプラティ市の路上である。

彼はあらかじめ外泊許可を取り、授業を終えた後、一度寮に戻ってきちんと課題と宿題を済ませてからプラティ市へ赴《おもむ》き、十一時十五分前に指定されたドゥオミックという軽食堂に入った。

立食スタイルの店なので店内はさほど広くはなく、客の様子が一目で見渡せる。

そこで夜食を注文し、わざとゆっくり食べながら、レティシアからの合図を待っていたのだ。

着信があった直後、店の片隅で食事を終えようとしていた男が懐から携帯端末を取って話し始めた。

他にこの時、このタイミングで携帯端末を取った男は店にいなかったので、ヴァンツァーは店を出たその男を尾行した。

歩きながら話していた男が相手の異変に訝しげな声を上げるのを待って、背後から音もなく近づき、手刀の一撃で男を昏倒《こんとう》させたのである。

地面に落ちそうになった携帯端末を片手で摑み、片手で男の身体を支えた。

男は一瞬で意識を失い、騒ぐこともない。

夜とはいえ、ちらほらと人気《ひとけ》のある通りでこんな大胆な真似をしてのける。

鮮やかという他ない手際の良さだ。

ぐったりした男の身体を支えて裏道に入っていく様子は酔っぱらいを介抱しているようにしか見えないから、誰も注意を払わなかった。

スターリングの部屋でレティシアは尋ねた。

「どんな男だ？」

プラティ市の街灯の下で、男の端末を取り上げたヴァンツァーが答える。

「聞いた条件にほぼ合致するな。四十前後。地味な風貌だが、勤め人にも商売人にも見えない」

「多分そいつがウィルキンソンだと思う。予定通り、締め上げてみてくれ」

「了解」

通話を切ると、レティシアは足下で気絶しているスターリングを見下ろして皮肉に言ったものだ。

「女の子には優しく親切にしとくもんだぜ」

この部屋の鍵はリュシェンヌが貸してくれた。

レティシアが持ちかけた悪戯とはスターリングが眠っている間に着替えの下着とズボンを全部、水を張った風呂につけ、仕上げに赤インクを放り込んでピンク色に染めてしまおうというものだ。

可能なら寝間着も脱がせて同じようにしてやれば、明日の朝、着るものが何もなくて青くなるだろう。

「リュシェンヌさん。予備の鍵を持ってるでしょう。それを貸してください」

「で、でも……」

「いつもどこに置いてるんです」

「ここに持ってますけど……お掃除がありますから、いつも持ち歩いてるんです」

「ちょうどいい。リュシェンヌさんの隙を見て俺が盗んだことにします。それならリュシェンヌさんに落ち度はないんだ。叱られたりしませんよ」

「でも、そんなことをしたらお客さまが旦那さまに怒られます」

「それは大丈夫」

自信たっぷりにレティシアは頷いた。

「寮生活ではこのくらい日常茶飯事なんですから。ペレリクさんにもきっと身に覚えのあることだから本気で怒ったりしませんよ。むしろ寮生時代を思い出しておもしろがるんじゃないかな。あ、だけど、全部ピンクに染めたりしたら洗濯の手間が増えて、却ってリュシェンヌさんの迷惑になりますか？」

心配そうに尋ねると、リュシェンヌは手を打って喜び、鍵を差し出しながら笑って言ったものだ。

「そんなおもしろいことが見られるなら洗濯なんて何でもないです。ぜひ、やっちゃってください」

本人のシャツを使ってスターリングを縛り上げ、念のため猿轡《さるぐつわ》をかませると、レティシアは堂々とシャルルの仕事場に乗り込んだ。

「お邪魔します」

ニコラがぎょっとなる。

それ以上にシャルルにとってはまさしく息子との愁嘆場の真っ最中だ。

「レット。すまないが、遠慮してくれ」

顔面蒼白のシャルルに、レティシアは落ち着いた声で言った。

「月曜になっても警察は来ませんよ」

「……何？」

シャルルだけではない。ニコラも眼を見張った。

「あなたを脅迫していた人物はあなたを辞職させることだけが目的だったようですね。月曜になったら要求を下げてくる予定だったみたいです」

シャルルはぽかんとレティシアを見つめ、驚きの眼を息子に向けた。無言で詰問する父親にニコラは小さな声で「ごめんなさい」と謝った。

「むしろ、あなたに自殺などされては困るんです。マジソンが真実あなたの味方であることを考えると、あなたが自分で自分の命を絶てばマジソンは強請《ゆすり》の事実を警察に話すかもしれない。もちろん雇い主の意向とはいえ、マジソンにも殺人に関与したという弱みがありますから黙っているかもしれませんが、そんな危険は冒せない。問題の人物は今回のことを絶対に公《おおやけ》にしたくなかったんです」

レティシアの言葉の意味を理解できたかどうか、シャルルはひたすら茫然と突っ立っている。

「イアン・バンクスはただの使い走りに過ぎません。背後で操っていたのはウィルキンソンという男です。これはもちろん偽名でしょうが――」

レティシアの携帯端末が鳴った。

「よう、そっちはどうだ。——うん。思った通りだ。ファラディだな。探偵上がり？　なるほどねえ」

ヴァンツァーが容赦なく締め上げたのだろう。

短い間にかなりの情報を吐き出させたようだ。

レティシアは端末を離して、シャルルに言った。

「ウィルキンソンと名乗っていた男を捕まえました。本名はケント・ファラディ。元は探偵の男で、今はメートラ医専大学院長の第三秘書だそうです」

「スマイスの⁉」

シャルルは仰天したらしい。

「そんな——そんな馬鹿な！」

「そうですよね、ペレリクさん。そこを尋ねたい。あなたは学院長のどんな弱みを握ってるんです？」

ニコラが驚いて父親を見る。

一方、シャルルは顔色を変えていた。

息子の衝撃的告白の余韻《よいん》とはまったく違う表情で、激しい動揺と不快感を顕わにして言い返した。

「きみは何を言っているのかね……！」

「変だと思ったんですよ。カール・クレイの日記。あれを使えばあなたを破滅させるのはわけないのに、なぜか公表しようとしない。それなら目的は金かと思いきや、あくまであなたの辞職にこだわっている。考えられる理由は一つだけだ。この相手はあなたに何らかの弱みを握られている。だから迂闊に攻撃はできなかった。返す刀で自分も斬られてしまうから。あちらの思惑としてはあなたにはあくまで自主的に身を引いてもらわなければならなかった。ですから質問です。あなたはスマイス学院長のどんな弱みを握ってるんです？」

「馬鹿な……わたしは何も知らんよ」

そんな言い訳が通用する相手かどうか少し冷静に考えてよ！　というのはニコラの心の声だ。

レティシアは必死に空とぼけるシャルルを見つめ、不気味なくらい優しく問いかけた。

「正直に話してもらえませんか」

「レット……犯人がスマイスだと教えてくれたのは感謝している。しかし、わたしと彼の間に個人的なつながりがあるというきみの推論は乱暴に過ぎるよ。確かに彼とは大学の先輩後輩という関係であり、顔見知りでもあるが、それ以上のことは何もない」

「では、あなたは今後どうする気です?」

シャルルの顔に強い怒りが広がった。

「決まっている。スマイスに正式に抗議するだけだ。逆にあいつを辞職に追い込んでやる」

「それはよしたほうがいいと思いますよ」

「何を言う! こんな——こんな思いをさせられて黙って引き下がれるものか!」

「あなたはあなたが味わった何十倍もの長い時間、スマイス学院長に屈辱を味わわせてきたはずです。しかも、とうとうとどめまで刺してしまった」

「きみはさっきから何を言ってるんだ!?」

レティシアは答えず、再び端末を耳に当てた。

「……おう。どうだった。——人身事故?」

シャルルの顔がまた引きつった。

「十五年前か。轢《ひ》き逃げ? そいつは質《たち》が悪いな。——え? 相手は生きてるのか。そりゃあよかった。それで、向こうの心づもりは?」

ニコラはもう声も出せなかった。シャルルもだ。二人ともただひたすら眼を丸くして、端末で話すレティシアを見つめている。

しばらく相手の話に耳を傾けた後、レティシアはおもしろそうな視線をシャルルに向けて言った。

「十五年前、当時まだメートラ医専大学院の准教授だったジェレミー・スマイスは女性を轢き逃げした。重傷を負った女性は幸い一命を取り留め、現在では快復したそうですが、轢き逃げは重罪ですからね。こんなことが表沙汰になったら一巻の終わりだ」

「…………」

「あなたは現場に居合わせて写真でも撮ったのかな。それにしても十五年とは長い。以来あなたはずっとスマイス学院長を強請っていたわけだ」

「わたしは善意で口をつぐんでいたんだぞ！」

　怒りに肩を震わせながらシャルルは叫んだ。

「彼は優秀な人材だ。尊敬する先輩でもあった！　だからこそたった一度の過ちで人生を棒に振るのはあまりに気の毒だと――そうとも！　わたしは彼に同情してあのことを誰にも話さなかったんだぞ！　それを強請だと⁉　そんな真似はこの十五年ただの一度もしていない！」

「露骨《ろこつ》に金銭を要求しなかっただけのことでしょう。あちらのほうが先輩なんだし、何かと便宜《べんぎ》を図《はか》ってもらっていたと思いますよ。ひょっとしてニコラの大学入学に口を利いてもらったりしませんでしたか。メートラの医専大学院長ともなるとセム大にも充分顔が利きますからね」

　ニコラが顔色を変えて父親を見た。

「パパ……」

　シャルルは慌てて息子に言った。

「それは違う。おまえは実力で入学したんだよ」

「答えてよ！　ほんとにそんなこと頼んだの？」

「馬鹿な。頼んだりするものか。ただの世間話だよ。そもそも二人きりでもなかった。会合で他の連中と顔を合わせた時に話の流れで、今度息子がセム大の医学部を受験することになったと言っただけだ」

「ひどいよ！」

　ありありと父親を非難する顔つきでニコラが叫び、レティシアも苦笑した。

「あなたにとっては世間話でも学院長はそうは受け取らない。入学の口利きを頼まれたとしか思えない。――一つ一つは些細なことでも積年の恨みってのは侮《あなど》れないもんですよ」

「だから誤解だと言っているだろう。わたしは彼を強請ったりしていない！」

「本当に？　ちょっと探したら、スマイス学院長は来月の理事選に当初は出馬の意向を示していたのに、なぜか急に断念したという記事が見つかりましたよ。あなたの意向でしょう。自分が立候補するのだから今回は諦めてくれとでも言いましたか」

「そんなことは言ってない！」

レティシアは笑った。明らかな冷笑だった。

「あなたは想像力というものに欠けているらしい。しかも、弱みを握られた人間の心理についても何もご存じない。あなたがにこにこ笑いながら『今度の理事選に出馬しようと思ってるんだ。よろしく』と言うだけで向こうには充分すぎるくらいです」

シャルルがぐっと言葉に詰まったところを見ると、大いに身に覚えがあるらしい。

「十五年ですからね。他にもいろいろあったと思いますよ。とにかくスマイス学院長はそれが悔しくてならなかった。このままあなたの言いなりになってたまるか——恐らくはその一念でずいぶんな時間と金と人を使ってあなたの弱みを探させたんでしょう。そしてカール・クレイの日記という爆弾を発見した。——ですけど、さすがに学院長は自分が強請られた経験があるだけに慎重でしたね。これを世間に突き出すような危険は冒さずに、あくまであなた自身に出馬を辞退させようと仕向けたんです。それなのに、あなたは逆襲に出た。まあ、学院長が手先に使ったバンクスが暴走したのが原因ではありますが、彼が殺されたと知って学院長は高笑いしたと思いますよ。わざわざカール・クレイと同郷で小学校の同窓生のバンクスに強請役をやらせたのは恐喝に信憑性《しんぴょうせい》を持たせるためでしょうが、あなたはまんまと墓穴を掘ってくれた。学院長がそれを狙っていたとは思いませんが、結果的に学院長は殺人教唆という証拠を——これ以上ないほど強力なあなたの弱みを握った。こうなったら理事選の出馬辞退で許すなど生ぬるい。この機会にあなたのすべてを奪って表舞台から身を引かせてやる。そう思ったんでしょうね。ただし、学院長の狙いはあくまであなたを辞職させることで、進退窮まったあなたが自殺する可能性なんてことはまったく考えていなかったんです」

「そんなことは信じられんよ！　最初からわたしを

破滅させるつもりだったとしか思えん！」

「俺もそう思ってたんですよ。やり方があまりにも徹底してましたから。ですけど、スマイス学院長は本当にあなたを死なせるつもりはなかったようです。ずいぶん良心的なお人なんですね」

「良心的⁉」

突拍子もない悲鳴がシャルルの口から洩れる。

「わ、わたしをここまで苦しめてさんざん甚振《いたぶ》っておきながら——良心的だと！」

「それなんですけどねえ」

苦笑しながらレティシアは端末を見せた。

「今話してた奴、第三秘書をとっ捕まえた俺の知り合いなんですがね、そいつがファラデイに吐かせたところによると、スマイス学院長はあなたのことを血も涙もない冷血漢で、鋼鉄並みの心臓と恐ろしく図太い神経の持ち主で、このくらい痛めつけないと奴には効き目がないし、まだまだ生ぬるい、普通の人間なら到底耐えられない極限状況まで追いつめたところで、あの鉄面皮なら絶対に自殺なぞしないと断言してらしたそうで、別に意地悪でも何でもない、この点に関しては学院長は真剣そのもので確固たる自信がおありだったようですよ」

シャルルは啞然《あぜん》とした。

ニコラが何とも言えない眼で父親を見た。

レティシアも気の毒そうな顔で苦笑している。

「学院長は何かとんでもない勘違いをしてるらしい。俺から見てもあなたは全然そんなタイプじゃない。でもね、そんな誤解をさせたのはあなたですよ」

過去の過ちを盾《たて》に、何かと融通《ゆうずう》を利かせてくれと強請《ねだ》る相手に好印象など持てるわけがないのだ。

「ですからね。ここはあなたが学院長に謝罪なさい。十五年間わがまま言ってすみませんでしたって」

わざと戯《おど》けた口調で言ってみせたレティシアに、シャルルは猛然と反発した。

「謝罪だと⁉　わたしは被害者だぞ！」

「学院長もそう思ってますよ。だいたい脛《すね》に傷持つ者同士で何を言ってるんだか。被害者っていうのは、学院長に撥《は》ねられた女性やあなたに論文を盗まれたカール・クレイのことを言うんです」

ニコラが耳を疑うほど極めて真っ当な正論を述べ、それに――とレティシアは付け加えた。

「あなたがスマイス学院長の秘密を世間に話したら学院長だって黙っていませんよ。カール・クレイの日記は学院長が持ってるんです。原本をね」

シャルルが眼を剝いた。

「まさか!」

「本当です」

「しかし! き、きみはどうしてそれを……」

「すみませんが、こっちにも守らなければならない仁義ってものがあるんで。情報源は明かせませんが、掛け値なしの事実ですよ」

入手方法はとても言えないが、連邦情報局並みに信頼できる情報である。しかも迅速《じんそく》・確実だ。

「あなたの手札《カード》がフルハウスだとしたら、学院長の手札《カード》はストレートフラッシュです。どうあがいてもあなたに勝ち目はありません。――ただ、この場合、あなたのフルハウスでも学院長にそれ相応の痛手を負わせられるのが本物の遊戯《ゲーム》と違う点です。だから学院長は本来なら、こういうものを手に入れたぞと、あなたに告げるだけでよかったはずだ。そのくらい向こうの手札のほうが強い。これは俺の推測ですが、学院長はあなたが真っ青になるのを見て十五年分の嫌みと皮肉を言って多少の鬱憤《うっぷん》を晴らせば、それで満足して終わりにするつもりだったんじゃないかな。少なくとも最初は――何しろお互いさまですからね、今後は脛に傷持つ者同士の交際《つきあい》を始めればよかった。ところがあなたは少々調子に乗りすぎた。理事選の出馬まで断念させられて、学院長の堪忍袋《かんにんぶくろ》の緒がついに切れた。帳消しにするだけでは我慢できずに、こんな手の込んだことを企んだわけです」

「わたしを脅して……辞職させようと?」

「辞職まで思いきったのはバンクスが殺されたから

でしょうが、学院長は最初から警察に言うつもりはなかったんですよ。殺人教唆を立証するには絶対に遺体が必要ですが、バンクスの遺体はない。遺体がない以上、使えるのはカール・クレイの日記ですが、二十五年前の盗作は警察が扱うようなものじゃない。報道機関に洩らしてやればあなたを破滅させるには充分すぎますが、報道関係者って奴は猛禽《もうきん》みたいに美味しい餌にはすごい勢いで食いつきますからね。日記の出所《でどころ》に関しても突《つつ》きまくるに決まってます。そうなったら、彼らは自分の存在にまでたどり着くかもしれない。学院長は慎重な人柄のようですから、そんな真似はしなかった——できなかったんですよ。何せ同じ穴の狢《むじな》ですから」

シャルルは青ざめた顔に汗を滲ませ、うろうろと室内を歩き回った。

懸命に考えをまとめようとしているようだった。

「……奴に詫《わ》びろと言ったな？」

「ええ。スマイス学院長に手紙を書いてください。自分を強請っている犯人が学院長だと知ったこと。ただし、それを誰にも言うつもりはない。もちろん、今後は学院長にも余計な『お願い』は一切しないと。それからこれが肝心ですが、自分も理事選の出馬は断念すると明記するんです」

「何だと⁉」

レティシアは眼を丸くして両手を広げて見せた。

「当然でしょう。あなたはスマイス学院長を脅して出馬を断念させたんだから、あなたも出馬を諦める。それでこそ公平を期するってもんじゃないですか。辞職はしたくないんでしょう？　だったら学院長に納得してもらうにはそこまでやらなきゃ」

「いや、しかし！」

「今はあなたも弱みを握られている身だってこと、忘れないでくださいよ」

鋭い指摘にシャルルは口を封じられた。

「学院長を辞職させるなんて息巻くところを見ると、あなたはまだちっとも事態がわかってないらしい。

今までと同じ調子で高飛車にものを言うことはもうできないんです。やりたいというなら止めませんが、学院長がどう出るかが見物《みもの》ですよ」

ここに至ってシャルルはやっと今の自分の立場を呑み込み始めていた。

スマイスが犯人だと聞いた時は頭に血が昇った。

逆らえる立場でもないくせに何様だと思ったのは確かだ。それだけスマイスに対して無意識に自分を優位に置き、相手を見下していたわけだ。

レティシアに言ったようにシャルルはスマイスを強請ったことはない。金銭はもちろん無理な要求を突き付けたこともない——と自分では思っている。

むしろ秘密を共有する味方と位置づけていたから、まさか彼がそこまで自分を憎悪しているとは夢にも思っていなかった。まさに青天の霹靂《へきれき》だ。

しかし、今はスマイスも爆弾を持っている。

こうなってみて初めて弱みを握られている人間の心理というものがいやでもわかる。

相手はいつでも自分の息の根を止められる強力な武器を持っているのだ。それを使わせないためには常に細心の注意を払い、相手の顔色を窺い、機嫌を損ねないように振る舞わなくてはならないのだ。

そこまで考えて、シャルルは薄気味悪そうな眼でレティシアを振り返った。

「きみの目的は何なんだ？」

自分を抹殺する武器を手に入れたのはスマイスに限ったことではない。この少年もだ。

「別に何もありません」

自分は知能が高いと信じていて何事も考えすぎる人間にはこういう答えは体質的に受け付けられない。

シャルルは苦い顔でゆっくり首を振った。

「その言い分は到底、信じられんよ」

身内の息子は信用できるが、この少年が部外者に一言でもしゃべったら自分は終わりだ。

「論文のことは……弁解になるが、当時のわたしはあまりにも若くあまりにも愚かだった。あの汚点を人生から消し去りたいとずっと思ってきた。きみはそれを知っても何とも思わないのかね」

「いえ、非常にまずいことをなさったと思いますよ。現役大学生がそれをやったら確実に退学でしょうが、二十五年も前の話です。唯一あなたを責める権利のあるカール・クレイは既に故人なんですから、誰も困らないでしょう」

　こんな軽い言い方ではますます信用できない。

「殺人教唆はどうなんだ。れっきとした犯罪だぞ。きみはその罪も見逃すというのかね」

「あなたの様子が変だってニコラに相談されたのは何日も前ですから。警察に行くつもりならとっくに行ってますよ。第一、証拠が何もない」

　残念だが、そのことには何の意味もない。

　レティシアが今後も警察に行かないという保証はどこにもなく、何年が過ぎようと人が死んだ事実に変わりはなく、連邦大学惑星の法律は殺人にも殺人教唆にも時効を設けていないのだから。

「腹を割って話そうじゃないか。きみの望みは何だ。どうすれば……沈黙を約束してくれる」

「つまり俺がこの先あなたの秘密をうっかり誰かに話すかもしれないってことが心配なんですか」

　それは毒蛇がうっかり毒牙を地面に落とすようなもので、つまりあり得ないんだってば！　とは再びニコラの心の悲鳴である。

「レット。厚かましい言い分なのは百も承知だが、わたしはきみの善意に期待しなければならない身だ。遠慮せずに言ってくれ。金ならいくらでも出そう」

「要りませんって。それじゃあ俺は口止め料を受け取ることになります」

「それでは不満なのか？」

　シャルルの表情はレティシアの真意を探るような、疑うようなものだった。

　この少年はいったい何者なのか、なぜ平然とこの場に割り込んでスマイスのことを暴いてみせたのか、今さらながらそれがひどく不気味に感じられる。

何か理由があるはずだった。

いいや、絶対になくてはならなかった。

金を受け取らないなら、何らかの餌で釣り上げて手元に囲い込まなくては安心できない。

この少年が決して自分を裏切らないという確証を得なくては枕を高くすることもできない。

「セム大への編入や院へ進むことを考えているなら最大限の便宜を計ろう。万全の推薦文を用意する。きみの将来のことはわたしに任せてくれ」

「いやあ、それも遠慮します」

レティシアはけろりと言った。

「俺そんな先のことまで考えたことないんですよ。人生設計って言葉も最近知ったくらいですから」

これは本当だった。レティシアは自分の『将来』というものについて具体的に考えたことがない。

デュークとレティシアの決定的な違いは人の命を奪って生きる者である以上、自分の命も同様に突然終わる覚悟のあるかなしかだ。デュークには端からそんな覚悟の持ち合わせはなく、レティシアは逆にそれなしに生きていた頃の自分を思い出せない。

「では、何が欲しいのかね」

「何も要りませんよ。あなたはニコラのお父さんだ。——だから助けることにしました」

ニコラが呆気に取られてレティシアを見た。

「わかりやすく言いますとね、あなたに金を恵んでもらう筋合いはないんですよ。今度のことは強いて言うなら好奇心でやったことなんで」

この無礼な言い方にシャルルがむっとする。

レティシアはそれをおもしろがっているようで、可愛らしく首を傾げて笑ってみせた。

「それとも、どうしても信用できないっていうなら、バンクスみたいに俺も始末しますか」

シャルルはたじろいだ。

バンクス殺害を命じたのは事実だが、実のところシャルルは平気で人を殺せる類の人間ではない。

おかしな話だが、バンクスの場合は、強請られていたことに加えて彼の顔も素性も知らなかったから、深く考えずに処分してしまえと言えたのだ。

つまりは実感がなかったのである。

しかし、今はそれとはまったく状況が違う。

眼の前にいるのは親しく言葉を交わした相手で、まだ十六歳の少年で、息子の親しい友人でもある。

命を奪うことなどとてもできない——。

しかし、それをしなければ自分が破滅する。

この少年の命と自らの保身を無意識に秤《はかり》に掛ける、その秤が大きく揺れている。

息子が喘ぐ声がした。

「パパ……やめて」

ニコラは蒼白になっていた。恐怖も顕わに自分を見つめてくる息子に、シャルルはたじろいだ。

そうだ——この少年に何かあれば息子はただちに父親の仕業《しわざ》であることを知るだろう。

父親が自分の友人の命を奪った——そんなことは息子には耐えられないに違いない。どうして友達を殺したのかと息子に非難される己を想像するだけでシャルルは身震いした。既にバンクス殺害を息子に知られてはいるが、顔も知らない他人と親しい友人とではその『死』の重みは大違いだ。覚えず唸《うな》った。

一方、息子は別の意味で必死になっていた。

もし父親がレティシアに危害を加えようとすれば、死ぬことになるのは間違いなく父親のほうだ。

レティシアの正体は言えない。誰にも言わないと約束したのだ。しゃべれば自分が殺される。

だが、このままでは父親の命が危ない。

凄まじいジレンマに苛《さいな》まれながら、ニコラは声を振り絞った。

「レットは言わないよ。誰にも、絶対」

表向きはレティシアの命乞いをしているようでも、ニコラは懸命に父親を守ろうとしていたのである。

シャルルはまだ迷っていた。頷いてやりたいのは山々だったが、どうしても何らかの保証が欲しくて、一人平然としているレティシアを詰問した。

「本当にきみを信用してもいいのか」

「訊く相手が違いますよ」

「何？」

「ここで俺が『信じてください』なんて言うことに何の意味があるんです。それはあなたが自分の心に問うことです。質問は単純明快。俺を信用するのか、しないのか。答えはどっちです」

シャルルはまた言葉に詰まった。

煮え切らない父親にニコラは激しい焦燥に襲われ、ほとんど泣きそうな顔で叫んだ。

「何で黙ってるの。パパが一言レットを信じるって言えばいいんだよ！」

そうしないとパパが殺されちゃうんだよ！　とは決して声にできない心の悲鳴である。

この必死の様子は確実に父親の胸を打った。

十四歳の息子の言葉だ。子どもっぽい言い分には違いないのだが、シャルルはとうとう観念した。

他に打つ手がないのも確かだったからだ。


「……わかった。きみを信じよう」

「それじゃ、一ついいことを教えて差し上げます。さっきのニコラの話はみんな嘘ですよ」

「嘘！」

シャルルが叫び、ニコラも眼を丸くした。

「ああいうふうに言ってくれって俺が頼んだんです。ニコラが進んでデュークたちの仲間になったなんてとんでもない出鱈目《でたらめ》ですから信じちゃだめですよ。逆らえなくて従っていたのは本当ですけど、連中は嫌がるニコラをおもしろがって現場に立ち会わせていただけなんです。犯行には一切関わってません。安心してください」

「本当か、ニコラ？」

「う、うん……」

ニコラは慌てて頷き、ちらっとレティシアを見た。

どうしてそう白々しいことを平気で言えるのかと訴える顔だが、本人は涼しい顔で話し続けている。

「俺も受信機で聞いてましたけど、ニコラの芝居が思っていた以上に上手だったんで感心しましたよ。おかげでうまく犯人を釣り上げられました」

「犯人？」

「家庭教師です」

　ペレリク父子《おやこ》の口が揃って悲鳴の形に開いた。

「アリステアが⁉」

「犯人はスマイスの秘書だと言っただろう！」

「スターリングはファラディの手先だったんです。そのことも手紙に書いておいたほうがいいですね。家《うち》の家庭教師を買収するなんてやり方が陰険だって、そのくらいは言っても許されるでしょう。もっとも実際に買収したのはファラディでしょうが」

　父子にはもはや声もない。

「ニコラはあなたの様子がおかしいことを心配して、盗聴器を仕掛けることを思いついてスターリングに入手を頼んだ。玩具《おもちゃ》売り場には売ってないものだし、購入するには署名《サイン》が必要で、子どもには買えません。スターリングはニコラに渡した受信機の他に、もう一つ受信機を持っていて、あなたとマジソンさんの話を全部聞いてたんです」

　これにはニコラが驚いた。

「受信機はぼくに渡した一個だけだって……」

「残念ながら、向こうのほうが一枚上手《うわて》だったな。スターリングは盗聴器を使ってあなたがバンクスを殺させたことを知り、奴はそれをファラディに伝え、ファラディはその材料を使ってあなたを強請った。

——でもね」

　レティシアは悪戯っぽく笑った。

「勘違いもいいところで、イアン・バンクスは実は生きてるんですよ」

　今度こそシャルルが飛び上がった。

「馬鹿な！　確かに処分したと——」

「はい。マジソンさんのお友達はそう信じてますが、実際にはぴんぴんしてます」

「な、な、何故だ⁉」

「何故と言われても、まあ、いろいろありまして。

だから俺も家庭教師が怪しいと思ったんですよ」

加えてあの助言《アドバイス》があった。

言った本人は意味を理解していないようだったが、灯台下暗しとはよくぞ言ったものだ。

「レット！　それでは納得できん！　わかるように説明したまえ！」

レティシアは困ったように肩をすくめた。

「あなたに説明しなきゃいけない義理はないんで。とにかくバンクスは生きてます。お疑いなら今度はまともな探偵を雇って追跡調査をさせてみなさい」

シャルルは顔中で驚愕《きょうがく》を表していた。

あらぬところを見つめて茫然と呟く。

「……本当に、生きているのか」

「もう一回、殺しを依頼しなきゃとか考えてるなら、やめときなさいと忠告しますよ。次は本当に警察に逮捕されるか、頭をぶち抜く羽目になります」

言われなくてもあの恐怖——殺人教唆で逮捕投獄されるかもしれない、何もかも失って破滅するかもしれないというあの恐怖は二度と味わいたくない。

「しかし、バンクスが生きているとなると……」

「心配しなくてもバンクスは二度と強請はしません。クレイの日記のことも誰にも話しません。なぜならバンクスの手元にはもう証拠の資料《データ》がないからです。それじゃあ人に話したところで信用されません」

ニコラが恐る恐る尋ねた。

「アリステアはどうしたの？」

「もう遅いからな。縛り上げて部屋に転がしてある。口止めして、朝になったら追い出せばいいと思うぜ。奴が摑んだと思っている弱み——おまえの連続殺人犯人説と親父さんの殺人教唆は事実無根なんだから。論文の盗作だけは事実だが、スターリングも証拠の資料は持ってない。だったらバンクスと同様、放置しても害はない。——そんなところでどうです？　ペレリクさん」

シャルルはそう簡単に割り切れる性格ではなく、剛胆《ごうたん》でもない。あからさまに不安そうな顔だった。

「ここの会話を聞かれていたんだろう。放置しても本当に大丈夫なのか……」

「そこはあなたが何とかしてください。彼は大いに将来や経歴を気にするようですから、余計なことを一言でもしゃべったら自分を――総合事務局次長を敵に回すことになるぞって脅してやればいいんじゃないですか。ああいう種類の人間は権威に弱いから、それで案外おとなしくなりますよ」

ニコラはそっと父親のほうに身を寄せた。理由はわからない。ただ、何となく恐ろしかったのだ。

シャルルのほうはそれには気づかない。

「しかし、下手に脅せばスターリングはスマイスに泣きつくだろう」

「できませんよ。スターリングはファラディの雇い主がスマイス学院長だなんて知らないんですから」

「どうしてそんなことがわかるんだね」

レティシアは理解しかねる顔になった。

「え～っと、逆にお尋ねしますけど、ファラディがわざわざ学院長の名前を出してスターリングを買収しなきゃならない理由って何です？」

至極もっともな話である。

「ファラディは、スターリングには本当の雇い主がいることすら話してないはずです。話したとしても、学院長の名前は絶対出しません。それが秘密に人を使って何かやらせる時の常識ってもんです」

たった十六歳の少年にたしなめられたシャルルは気まずそうに眼を逸らした。

「ペレリクさん。あなたはまだ誰も殺していません。だからこそ俺も黙っていることにしたんです。でももうやらないでくださいよ。善良な市民としては、次はさすがに警察に行かなきゃなりませんから」

ニコラが苦い薬を呑み込んだような顔になる。

レティシアはそんなニコラにちらっと眼をやり、シャルルに眼を移して微笑した。

「よかったですね。あなたたちは一人ともすんでのところで人殺しにならずにすんだわけだ」

その通りだった。

父親は深い安堵の眼差しで息子を見つめ、息子はちょっぴり不安そうな顔で父親を見上げたのである。

「この先どうするか、それはそちらにお任せします。――お休みなさい」

入って来た時と同じように、レティシアは足音も立てずに部屋を出て行った。


翌朝のペレリク邸はちょっと慌ただしかった。

この家で一番の早起きは家政婦と小間使いだが、その二人が支度《したく》を調えて朝の仕事に就こうとすると、何と主人がもう起きていたのである。

驚いた二人に、少し寝不足ぎみの顔の主人は家庭教師を解雇することにしたと告げた。

それも今日、即刻だ。

二人がますます驚いていると、二階から憔悴した家庭教師が下りてきた。最低限の荷物だけを持って、ぼそぼそとシャルルに挨拶すると、スターリングは朝食も取らず、逃げるようにしてそそくさと屋敷を出て行ったのである。

部屋に残った荷物は後で送る手筈《てはず》になった。

朝食の席で初めてこれを知ったシモーヌは驚き、シャルルは解雇の理由を淡々と妻に説明した。

「スターリングは差別意識の強い人間だったんだ。我々の前では申し分ない態度でも、メイヤー夫人やリュシェンヌに対する口のきき方はひどいものでね。家《うち》のみんなを奴隷と勘違いしていたんじゃないかな。彼の正体に今まで気づかなかったわたしも迂闊だが、知ったからには見過ごせないよ」

シモーヌは呆気に取られて、朝食の給仕に当たるリュシェンヌに問いかけた。

「そうなの？」

「はい、いえ、あの……」

口籠もるリュシェンヌにシャルルが言い諭す。

「告げ口はよくないが、そういうことはもっと早く言ってくれていいんだぞ。通いの人間にもずいぶん不愉快な思いをさせたはずだ」

　シモーヌは驚きの覚めやらぬ顔で首を振り、夫の言葉に頷いてみせた。

「あなたは正しい判断をしたわ、シャルル。でも、残念ね。とてもいい青年だと思っていたのに、人は見かけではわからないわね」

「まったくだよ」

　シャルルはやつれながらもどこか安堵した表情で妻に頷き返し、同じ食卓に着いていたレティシアにすまなそうに話しかけた。

「せっかく遊びに来てくれたのに見苦しいところを見せてしまったな。申し訳ない」

「いいえ、とんでもない。そんな人には一刻も早く出て行ってもらったほうがいいですよ。しかも家庭教師でしょ。問題外ですよ」

「いっそのこと、きみに家庭教師をお願いしたいと思うんだが、考えてみてくれないかね」

「それは無理ですよ。ここに住み込みなんでしょう。第一、俺、家庭教師の資格を持ってないですから」

　ニコラは平静を保って黙々と食事を続けていたが、子栗鼠《こりす》の息子は敏感だった。この辺が限界だと察し、やんわりと父親をたしなめた。

「パパ、レットは高校と医学部の掛け持ちで大変で、そんな暇はないいんだよ」

　すると今度はシモーヌが無邪気に言う。

「あら、わたしもレットが来てくれれば嬉しいわ。考えてみてくれない？」

「いやあ、お誘いはありがたいですが、俺あんまり一般教養の成績はよくないんで」

　和やかに食事を続ける一同とは裏腹に、給仕するリュシェンヌは複雑な顔だった。

　食事が済んで席を立った時、レティシアはそっと鍵を返しながらリュシェンヌに囁《ささや》いたのである。

「これは使ってません。俺が悪戯するまでもなく、ペレリクさんは彼の正体に気づいてたんですよ」

　リュシェンヌはそれを聞いてほっとしたらしい。

嫌いな相手でも自分のせいで解雇されたと思うと、いい気持ちはしないのだろう。

その後、レティシアはペレリク一家と居間に移り、壁の銃を眺めながらしばらく談笑していた。

オブライエンがやってきて迎えの車が到着したと告げる。

レティシアは立ち上がり、あらためてシャルルとシモーヌに丁重に礼を述べた。

「すてきなおもてなしをありがとうございました」

「またぜひ遊びに来てちょうだいね」

「ええ、喜んで」

恐らく二度とこの屋敷に来ることはないだろうが、レティシアはにっこり笑って頷いた。玄関の外まで見送ろうとした夫妻をニコラが止める。

「見送りはぼくがするからいいよ」

そうしてレティシアと二人で玄関を出た。

広いポーチには無人タクシーが待っていた。

シャルルは家の車で寮まで送ると言ったのだが、それはあまりに目立ちすぎるから遠慮させてくれとレティシアが固辞したのである。

「レット……」

ニコラが何か言いかけて止める。

レティシアもすぐには車に乗り込まず、何気なくニコラに話しかけた。

「親父さん、顔つきが変わったな」

「えっ？」

「人殺しの顔じゃなくなった」

ニコラには意味がわからない。不思議そうな顔で見つめると、レティシアはにやっと笑ってみせた。

「バンクスを殺したと思っていた昨日の親父さんはちゃんと人殺しの顔をしてたってことさ。今は違う。バンクスが生きてるって納得したからだろうよ」

ニコラは愕然として尋ねたのである。

「……そんなの、わかるの？」

「おまえたちの時も一目でわかったぜ」

「…………」

「クスコー教授の解剖実習の時点で、やってたのはデューク、アンディ、ブラッド。おまえとマットはまだだった。ただし、こりゃあ現場でたっぷり血を浴びやがったと思ったぜ。その次にマットがやって、おまえは手を下してないが、やっぱり側にいた」

　図星を指されてニコラはますます驚いた。

「どうして……？」

「どうしてだと思う？」

　猫のようにくっきりと丸く輝く眼に見つめられて、ニコラはちょっと身震いして眼を逸らした。自分で訊いておきながら何だが、答えなど聞きたくもない。

「レットは何で……ここまでしてくれたの」

「ここまでって？」

「面倒くさいの嫌いみたいなのにさ」

　少年らしいぶっきらぼうな言葉に、レティシアは真面目に考えた。

「確かにな、面倒には違いなかったが、好奇心って言ったのはほんとだぜ。それと……」

　小柄で細身で、どこにでもいそうな少年の一人は苦笑して、ふわふわの自分の頭を掻いた。

「まあ、ちょっとした実験かな」

「実験？」

「おまえも親父さんもまだ一人も殺してない」

「うん」

「世間一般常識ではそれならまだやり直しが利くと判断されるらしい」

「うん」

「本当にそうかなって、ちょっと思ったわけさ」

「……本当に意味わかんないよ」

「俺もおまえにわかるとは思ってねえよ」

「………」

「ただ、な。ちょっと前のおまえみたいに、殺しの近くにいた奴はやっぱりわかるんだよ。あ、こいつ、やっちゃあいないが中途半端に生臭《なまぐせ》えってな」

　ニコラは薄気味悪そうな顔だったが、それ以上に興味もあった。黙って耳を傾けていたが、ふと思いついて尋ねてみた。

「アイクラインの子は？」

「あれは別格」

レティシアが即座に答える。

「別格中の別格だぜ。泥臭い雨水ばっかり詰まった瓶の中にものすごく美味い超高級酒の瓶がどんっと鎮座してるようなもんだ。芳醇っていうのかねえ、うっとりくるぜ」

哀れニコラは顔を引きつらせているしかない。

「結局、中途半端が一番まずいんだよ。自分の手は汚さずに人にやらせて悦に入ってるか、すぐ近くで血を浴びてるか。そういう奴は自分の血もどんどん腐っていくだけなのさ」

「………」

「俺に言わせりゃあ、その段階でもう駄目《アウト》なんだが、世間さまの常識では違うってことになってるだろう。そこんとこ、どうなのかと思ってさ」

何となくではあるがレティシアの言いたいことを察して、ニコラはおずおずと尋ねた。

「ぼくも……生臭い？」

「そこがおもしれえんだ。まっさらとは言えねえが、前ほどじゃあない。今はそれほど臭わねえよ」

だから意外だったとレティシアは続けた。

「どんなものでも一度腐りかけたら普通はそのまま腐るだけなんだぜ。元の鮮度に戻るかねえ？」

ニコラは急いで言ったのである。

「ぼくはもうやらないよ、絶対」

「親父さんは？」

「パパだってやらないよ」

「そっか。まあ、どっちでもいいけどよ」

思いきり拍子抜けしたニコラだった。

「ど、どっちでもいいの？」

「そりゃあそうさ。おまえたちが人殺しになろうがなるまいが、俺には関係ないぜ。そっちの勝手だ」

「あのさあ……ここは嘘でもいいから、人殺しにはなって欲しくないって言う場面だよ」

「そうなのか?」

「そうだよ!」

　ものすごく恐い相手には違いないのだが、同時に考え方があまりに違いすぎて脱力する。

「けど、俺はおまえたちにそんな期待はしてないぜ。あるとしたら、どっちに転ぶかっていう興味だな」

「だから……実験なの」

「そうさ。この先、親父さんが人を殺したら俺にはすぐにわかる。親父さんは報道にも顔を出すだろ。経過を見るのにはちょうどいい」

「…………」

「そうなっても警察には行かねえから、安心しな。親父さんにはああ言ったが、それこそ面倒くせえ」

「うん」

「けどなあ、親父さん、総合学長の椅子を狙うのはよしたほうがいいと思うぜ。器《うつわ》じゃねえよ」

「それ、パパには言わないでおくね」

「ああ。そのほうがいい」


　今のシャルルの心理状態ではレティシアの言葉を総合学長にはなるなという『脅迫』だと取るだろう。

　もちろんレティシアにそんな気はない。

　ただの感想を言っただけなのに、弱みを握られた父親が大げさに捉えて思い詰めて、あげく早まった真似をしては大変だとニコラは冷や冷やしていた。

　この頃になるとニコラにもレティシアが何となく理解できるような気がしていた。

　あの金髪の子が言ったように、彼はニコラや父を理由もなく殺したりはしないだろう。

　奇妙な話だが、そういう意味ではレティシアを『信頼』しても大丈夫だと、以前はその本人に足を撃たれた少年は思えるようになっていたのである。

　信用と言わないのは、自分たちは対等な間柄には程遠いからだ。それでも、少なくとも、彼は無闇にそんな行動はしないと信じて頼むことができる。

　そのくらいにはレティシアを認められる。

　ただし、レティシアが天性の殺戮者であり、その方面では神懸かりにも等しい技倆《ぎりょう》の持ち主であり、ニコラや父を一瞬で殺せる事実に変わりはない。

　自ら進んで人の命を奪うことはなくても、誰かに命を狙われたらその相手を見逃すはずがないのだ。

　レティシアは不思議に澄んだ瞳でニコラを見つめ、彼には似合わない静かな口調で言った。

「けじめだけは付けなきゃならねえからな」

「わかってる」

「親父さんに人殺しになって欲しくないと思うなら、おまえが見張ってろよ」

「そうする」

　言葉が切れた。レティシアは車に乗ろうとしたが、ニコラが声を掛けた。

「レット」

　呼び止めておきながら先を言おうとしない。

「何だ？」

　レティシアがちょっぴり痺《しび》れを切らしかけた時、ニコラはさんざん迷って、その言葉を口にした。

「……ありがとう」

　レティシアは眼をまん丸にしてニコラを見つめ、小さく吹き出した。

「おまえに礼を言われるとはねえ……」

　ニコラは真面目に言った。

「レットがどんなつもりだったのかは知らないけど、パパもぼくも、ママもだよ。レットがいなかったら、今頃どうなってたかわからないんだ。家のみんなを助けてくれたのは本当だから――感謝してる」

「そっか」

　レティシアはまたにやっと笑って軽く手を振ると、無人タクシーに乗り込んだ。

　走り出した車が広い敷地の先に見えなくなるまで、ニコラはそこに立って見送っていた。

ヴァンツァーの場合

1

　ヴァンツァーはかなり急いでいた。

　バスの時間が迫っていたからだ。上体を姿勢良く整えて前を見据え、すべるような足取りで進む彼を道行く人のほとんどが振り返って見るが、彼は無論、通行人には一瞥《いちべつ》もくれない。

　曲がり角の向こうから人がやって来るのは気配でわかっていたが、どんなに急いでいても彼は滅多に人と接触したりしない。

　顔を合わせた時点で余裕で避けるつもりだったが、この時はまともにぶつかった。

　相手がまったく速度を落とさず当たり前のように飛び出してきたからだ。まさに出合い頭である。

　抜群の運動神経と反射神経を誇るヴァンツァーが思わず体勢を崩したほどの勢いだった。かろうじて踏みとどまれたのは相手が軽かったからだが、当然、軽いほうの相手はただでは済まない。

　すごい勢いでヴァンツァーの身体にぶつかって、撥《は》ね返されて、道に倒れ込んだ。

「どこ見てるのよ！」

　それはこちらの言いたいことだと言おうとして、ヴァンツァーは転んだ相手の様子に気がついた。

　大きな麦わら帽子を被った同年代の少女だった。

　倒れた拍子に道に手を突き、怒った顔は紅潮して、やや上を向いているが、彼女の眼はヴァンツァーの顔からは明らかに逸れている。

　透明感のある美しい鳶色《とびいろ》の瞳《ひとみ》はまるで見当違いの方向を見ているのだ。

「見えないのか？」

「悪い？」

　声のした方向にあらためて顔を向けると、少女は怒ったように言い返してきた。

「視覚障害者は外を歩いちゃいけないなんて法律がいつできたの？」

この少女はまったくの盲目らしい。

珍しいと思いながら、ヴァンツァーは生真面目に答えた。

「俺の知る限りでは未《いま》だ施行されていないはずだ」

視覚障害に対する治療はかなり進んでいる。

視力の回復が望めない場合、義眼移植手術という手段もあるはずだが、何にでも例外はある。体質やその他の原因のせいで神経接続がうまくいかない、適合する義眼がない、視神経が機能していないなど、すべての視覚障害者に対して義眼移植手術が可能なわけではないと確か聞いた覚えがある。

こんなことを考えたのもこの少女は生まれつきの視覚障害者ではないからだ。

確証はないが、自分のこういう勘はまず外れない。

比較的最近、不慮の事故で視力を失ったのだろう。

そう思ったのは顔にも傷があったせいだ。

瞳の美しさもさることながら、この少女はとても整った顔立ちをしていた。人はかなりの美少女だと言うだろう。肌も白くなめらかだが、右の額《ひたい》の上に目立つ傷跡が残っている。

転んだ少女はおもむろにヴァンツァーに向かって手を差し伸ばしてきた。

「何だ？」

「なんだじゃないわよ。手を貸してって言ってるの。人を突き飛ばしておいて放置する気？」

「突き飛ばされたのは俺のほうだぞ。視覚障害者が付き添いなしで外出する際には、指示装置《ナヴィ》の装着が義務づけられているはずだ」

「壊れたのよ！　たった今！　あなたのせいでね」

あの勢いでぶつかって帽子が飛ばないのは変だと思っていたが、これはただ被っているのではなく、動かないように頭に『装着』してあるものらしい。

しかし、強い衝撃に耐えられず故障したのだろう。

「俺の接近を指示装置が感知できなかったとしたら、

最初から故障していたと判断するべきだぞ」

「感知してたわよ。何だか歩き方がおかしかったから、人間だと思わなかったの！」

ヴァンツァーがぱちくりと眼を丸くすることなど、滅多にあるものではない。

「人間でなければ何だ？」

少女はさすがに言いにくそうに口籠《くちご》もった。

「……自動機械《オートマトン》だと思ったのよ。あなた、あんまり静かに移動してくるから。そっちが人間を感知して停止すると思ったのに突っ込んでくるんだもの」

「俺の台詞《せりふ》だ」

言いながらヴァンツァーは少女の手を取った。

困っている人には無条件で手を貸すのが礼儀というものだ。

少女はヴァンツァーの手を握って立ち上がったが、年頃の女の子らしく身なりが気になるらしい。

スカートを丹念に撫《な》でつけ、ヴァンツァーの前でゆっくり回ると、両手を広げて見せた。

「手は汚れてない？　背中とか靴《くつ》とか異常はない？どこか破れたりしてない？」

「衣服は何ともない。——それより、かなり派手に転んだが怪我《けが》はしていないのか」

「男の子の『何ともない』は信用できないんだけど、心配してくれてありがとう。——あたしビアンカ・ローリンソン」

「ヴァンツァー・ファロットだ」

「あなた、いくつ？」

「今は十六歳だ」

「嘘《うそ》でしょ！　二つも下？　同じくらいかと思った。声は若いけど、ずいぶん老けてる印象よ」

派手に呆《あき》れられてヴァンツァーは顔をしかめた。

「うるさい女だな」

思わず呟《つぶや》いたが、それが聞こえたのだろう。

ビアンカは見えない眼で、きっとヴァンツァーを睨《にら》みつけた。

「やめてそれ」

「何？」

「その『女』って言い方よ。不愉快《ふゆかい》だわ」

ヴァンツァーは生まれてこの方、女の子にこんなものの言い方をされたことはない。かなり驚いたが、彼女の言い分には理があるので、素直に謝った。

「……失礼した。確かに妙齢のご婦人には不向きな言葉だった」

「あなたいつの時代の人よ⁉」

ビアンカはますます呆れたらしい。

「第一ご婦人って何？　あたしまだ十八よ」

ヴァンツァーは降参して肩をすくめた。

「なんと言えば納得するんだ」

「普通に女の子でいいのよ。こういう時は」

呆れて言った少女は急に訝《いぶか》しげな顔になった。

「変ね。妙に視線を感じるわ。有名人でもいる？」

その鋭敏な感覚に、ヴァンツァーは感心した。

この少女は生まれつきの盲目ではないはずなのに、よくわかる。


「俺を見ているんだろう」

「どうして？」

無邪気《むじゃき》に訊《き》かれて、ヴァンツァーは苦笑した。

彼女の眼が見えていたら説明などする必要もないことだが、今は口にしなければわからない。

「鼻持ちならない台詞に聞こえるのは百も承知だが、俺がかなりの美形だからだ」

ビアンカは見えない眼を思いっきり丸くすると、とことん疑わしそうな顔で訊いてきた。

「そういうこと自分で言って空《むな》しくない？」

「俺は自分の顔には興味がない。周りが勝手にそう評価している。自分で口にしたのは今が初めてだ」

「あたしの眼が見えないから？　つまり、あなたの顔が見えていたらあたしも一目であなたにころりと参ったかもしれないって？　見えなくてよかったと思ったことがまた一つ増えたわ。——行きましょ」

当然のようにまた手を差し出してくる。

ヴァンツァーは戸惑った。

「どこに行くんだ？」

「あなたが本当にそんな美少年かどうか、鑑定してもらいによ。家まであと千五百歩だったの」

家まで送れと言っているらしい。

バスに乗り遅れてしまうが、これも善良な市民の務めだろうと諦《あきら》める。この少女の足で千五百歩ならたいした距離でもないので、つきあうことにした。

「俺は介助者はやったことがないが、こういう時は手を握って引けばいいのか」

「それより腕を摑《つか》ませてくれると嬉《うれ》しい。あたしに腕を摑まれて歩いてもいやでなければだけど」

「意味がわからんが？」

ビアンカはちょっと肩をすくめて見せた。

「あなたが自分で言うほどきれいな子なら、あたしみたいな醜《みにく》い女の子と並んで歩きたくないでしょ」

ヴァンツァーは本当に不思議そうに問いかけた。

「額の傷のことを言っているのか？」

「そうよ」

「これが醜いのか？」

「——普通の人はそう言うわね。特に男の子は」

ヴァンツァーは醜いとは思わなかったが、それを気にしているらしい年頃の女の子に正直に言うのは爆弾投下に等しかろうということは理解できたので、取り合わないことにした。

「そうか。だが、さっきも言ったが、俺は人の顔の美醜には興味がない」

「徹底してるんだ」

ビアンカは感心したように笑い、手探りで慎重にヴァンツァーの腕を摑んできた。

「背が高いのね。——家はこの道をまっすぐ行って、二つ目の角を左に曲がるの」

「わかった」

少女の足に合わせてゆっくり歩くつもりだったが、介助者がいるせいかビアンカの足取りはひどく速く、歩幅も大きい。見えていないとは思えない歩調で、さっさと歩いていく。大胆と言おうか、思い切りがいいと言おうか、これにはヴァンツァーが驚いたが、ビアンカも意外に思ったらしい。

「ほんとに介助はやったことがないの？」

「ああ。――どうしてだ」

「あたしに合わせて歩いてくれてるからよ。普通の男の子なんて足首と足首を紐《ひも》で結んで二人三脚でもやらない限り人に合わせて歩くなんてできないのに。

――角を曲がったら右手を見て」

「二人三脚では転ぶ確率が高くなって却《かえ》って危険だ。――家の場所は？」

「少し先に十字路があるでしょ。それを過ぎてから七つ目の家。特徴は白い壁に茶色の屋根。門の側にオリーブの木があって、壁にはプランターがあってゼラニウムが咲いてるわ」

「ゼラニウムがわからん。どんな花だ？」

「やっぱり男の子だ。――いろんな色があるけど、うちのは真っ赤よ。葉っぱは丸くて斑《ふ》が入ってるの。白い壁のところどころに赤い花の固まりが咲いてるように見えるから、すぐにわかるわ」

ヴァンツァーは口を開きかけて、また閉ざした。

その様子が見えたはずはないのに何を感じたのか、腕を摑んだビアンカが言う。

「何か訊きたいのなら声に出して言ってくれないと、あたしにはわからないのよ」

「ゼラニウムというのは毎年咲く花か」

「そうよ。どうして？」

「家の花も毎年咲いているのか」

「そうよ。五年前からママが手入れしてるの」

「ビアンカが最後にその花を見たのはいつだ？」

「去年よ」

これには本当に驚いたヴァンツァーだった。

思わず腕に摑まった少女を見下ろしたくらいだ。

「……一年しか経っていないのか」

それなのにここまで自分を取り戻している。

信じられないほど強靱《きょうじん》な精神力だった。

人生の途中で視力を失った人の多くが一度は死を

考えるというのに。

「正確には一年と一ヶ月ね。長く咲いてる花だから。去年、咲き始めの花を見た直後に車に轢《ひ》かれたの。犯人は捕まってないわ」

「轢き逃げか?」

「そうよ。ひどい話でしょ」

辛く苦しい記憶のはずなのに、あまりにも快活にしゃべるものだから困ったことにひどく聞こえない。

その間に、ヴァンツァーはビアンカの説明通りの家を見つけていた。

真っ白な壁に赤い花がたくさん咲いている。

門扉は低く、前庭の様子がすっかり見渡せる。

その前庭も色とりどりの草花に飾られて美しい。

呼び鈴を押すと、すぐに玄関が開き、家の中から女性が出てきた。ふっくらした丸顔で、つややかな薔薇色《ばらいろ》の頰《ほお》をしている。年齢の摑みにくい童顔で、まだ三十代にも見える若々しさだ。優しく穏やかな印象の美しい人だが、娘にはあまり似ていない。

ビアンカがヴァンツァーの腕を軽く引っ張って、確認を求める声を上げた。

「ねえ、ママ。この子すごい美少年なんですって。ママの眼から見てどう?」

ぽっちゃりしたビアンカの母親は門扉までやって来ると、美術品を鑑定するような落ち着いた冷静な眼差しでヴァンツァーを見つめ、おもむろに頷《うなず》いた。

「そうね。非の打ち所がないほどの美貌《びぼう》だと思うわ。まだお若いようだけど、紅顔の美少年というよりは白皙《はくせき》の貴公子と言ったほうがしっくり来るタイプね。女性が百人いたら百人が振り返るわ」

「うわあ、ここまで来る間もすごく視線を感じたの。みんな女の人の視線だったのね。——なのにこの子、自分の顔には興味ないんですって」

「あら、もったいない」

真顔で言って、ビアンカの母親はにっこり微笑《ほほえ》み、ヴァンツァーに軽く頭を下げた。

「娘がお世話になりました。ありがとうございます。

ブリジット・ローリンソンです」

　ヴァンツァーにとって『自分の顔を見て眼の色を変えない』という事実は年齢を問わず女性の資質の最上等に位置しており、無条件の尊敬に値する。

　微笑を返して、丁寧《ていねい》に挨拶《あいさつ》した。

「ヴァンツァー・ファロットと申します。過失とはいえ、お嬢さんの指示装置を壊してしまいました。お許しください」

　ビアンカが呆れたように笑った。

「また時代言葉が出てる。あなたが謝ることないわ。あたしが飛び出したんでしょ」

　門扉を開けながらブリジットが言った。

「さあ、どうぞ。ちょうどお湯を沸かしてましてね。ビアンカが戻ったらお茶にするところだったんです。お茶菓子はビアンカのお手製なんですよ」

「立派なお嬢さんだ。料理もなさるとは」

　如才《じょさい》なくビアンカを褒《ほ》めながら、ヴァンツァーは笑顔で軽く頭を下げた。

「お気持ちは嬉しく思いますが、初めてお会いした方にそこまで甘えられません。これで失礼します」

　ブリジットは好意的な眼をヴァンツァーに向けて、礼節を保ちながらも熱心な口調で言ってきた。

「初めてお会いした人にこんなお願いをするなんて厚かましいと思うでしょうが、あなたのご都合さえよろしかったら、どうか助けると思って、少しだけ寄って行ってもらえませんでしょうか」

　その言い方は単に娘を家まで送ってくれた少年を儀礼上もてなさなくてはというものではない。

　不思議に思ってヴァンツァーは尋ねていた。

「何かお困りですか？」

「はい。実はこの後、三十分くらいでとても困ったことになる予定なのです。あなたがいてくださるととても助かるのですが、もちろん何もなさらなくていいんですよ。ただ、黙って座っていてくだされば。お願いできません？」

　何が起きるのかとヴァンツァーが問うより先に、

ビアンカが辟易《へきえき》した調子で言っていた。

「ひょっとしてマージョリーが来るの？」

「そうなのよ。さっき突然連絡してきて、これから行くからって。あなたは留守だって断ったんだけど、『ちょうどいい』ですって」

「マージョリーとは？」

「わたしの叔母に当たる人です」

「叔母君ですか」

その人の来訪が何故そんなに困るのかと思ったが、ブリジットは曖昧《あいまい》な苦笑を浮かべている。

「ええ、まあ。彼女は父の弟の後妻なんです。同じ後妻だからなのか、わたしに対して妙な仲間意識があるようで。悪い人ではないんですけど……」

「そうね。ある意味、善意の固まりかもね」

ビアンカも顔をしかめているが、ヴァンツァーは意外に思ってブリジットに尋ねていた。

「あなたも後妻？」

「はい。三年前にローリンソンと結婚しました」

確かに髪の色も顔立ちも骨格も、この母と娘には共通点がない。ブリジットがビアンカの父親と結婚したのだろうと納得したが、わけがわからなかった。

思わず壁のゼラニウムを見上げて問う。

「あの花は五年前からのあなたの丹精《たんせい》では？」

ビアンカの口ぶりから察するに途中で『ママ』が替わったとは思えなかったのだ。

果たしてブリジットは笑顔で頷いたのである。

「ええ、そうですよ。その頃のわたしはまだグレンフォードでしたけど。白一色の大きな壁があんまり寂《さび》しかったものですから。——きれいでしょう？」

血のつながらない盲目の娘の前で堂々と花自慢をする継母《けいぼ》に驚くが、継子《けいし》の娘も笑って言い返した。

「いつも同じ赤なのよ。いろんな色があるんだからたまには違う種類にすればいいのに」

「あら、この壁には赤が一番映えるのよ。——あの、ファロットさん。いつまでも庭先では何ですから、やはり上がってくださいませんか」

苦笑したヴァンツァーだった。

初対面の人の家に上がり込むなど、普段の彼ならまずやらないが、この母娘《おやこ》に少し興味が湧いたのも確かだった。幸い大陸横断バスは遅い時間まで出ているから予定を変更して呼ばれてみることにする。

「ヴァンツァーと呼んでください。お言葉に甘えて三十分だけお邪魔させてもらいます」

ビアンカが意外そうな声を上げる。

「寄ってくれるの？」

「家の女主人にこれほど熱心にお招きを受けたんだ。固辞するのは却って失礼だろう」

「そうじゃなくて……、相手が人妻と眼の見えない女の子でも、知らない人の家に上がり込むのって、普通は抵抗あるんじゃない？　あなたの声、すごく自然で全然いやそうじゃなかったから」

「いやなら俺は断って帰っている。それを言うならそちらこそ、初対面の男を簡単に家の中に入れてもかまわないのか」

ブリジットが言った。

「あなたなら大丈夫ですよ。自惚《うぬぼ》れに聞こえるかもしれませんけど、わかる人なら一目でわかります」

「賛成」

ビアンカが言った。

「あたしもこの子は大丈夫だと思う」

「ビアンカもこう言ってます」

「お邪魔します。ミセス・ローリンソン」

「あら、それこそブリジットと呼んでくださいな。あなたがいらしてくださったのはきっと天の助けね。お招きできて本当に嬉しく思います」

実際、ブリジットは大いに安堵《あんど》した表情と態度で、ヴァンツァーを家の中に案内したのである。

居心地の良さそうな家だった。床は無垢《むく》の板張り、白い壁には乾燥させた草花を使った輪飾りが掛かり、壁の一部に優しい色のモザイクタイルを使っている。

「こっちよ」

ビアンカは帽子を脱いで、ヴァンツァーを居間に案内してくれた。艶《つや》のある木製の棚に様々な置物や家族の写真が飾られ、大きな花瓶《かびん》に造花が生けられ、布張りの長椅子の上にはお手製のクッションが山と盛られている。少し雑然としてはいるが、全体的に温かみの感じられる好ましい雰囲気の部屋だ。

ブリジットはいったん台所に入り、すぐにお茶とお菓子を用意して戻ってきた。

「若い男の子のお客さまなんて本当に嬉しいこと。帰りはもちろんお宅までお送りしますからね」

「いいえ。それは却ってご迷惑になります。わたしの住居はログ・セールにありますので」

「ログ・セール?」

母娘の驚きの声が揃《そろ》った。

それも当然でログ・セール大陸は北半球にあるが、彼らがいるのは南半球だ。正確にはグランピア大陸レノックス州、マレル市である。

「そんなに遠くからいらしたんですか」

「もしかして、文化芸術祭を観に来たの?」

「そうだ」

現在レノックスでは文化の祭典が開かれている。州に縁《ゆかり》の画家の個展や彫刻展、寸劇、演奏会、大道芸に至るまで分野は様々だ。

ヴァンツァーは勤勉な学生で、最近ではこうした情操方面にも興味を持っている。

土曜の今日はマレル市郊外の屋外彫刻展を鑑賞し、芸術の域に達した大道芸の実演《パフォーマンス》に祝儀《チップ》をはずみ、高速バスに乗って帰ろうとしていたところだった。

「ビアンカに衝突したのもバスの時間が迫っていて、先を急いでいたからだ。俺の不注意だった」

「あらまあ、ごめんなさい」

恐縮しきって謝ったのはブリジットだ。

「帰りが遅くなったら親御さんが心配するでしょう。ますます送らせてもらわないと」

「それはお気遣いなく」

「いいえ、バスより家の車のほうが速いんですから、あなたが何と言おうとお宅まで送らせてもらいます。

ご両親にもそう連絡してくださいな」

「親はいません。自分は孤児で寮暮らしです」

「まあ……」

ブリジットは絶句し、ビアンカが尋ねた。

「あなた、ご両親の記憶がないの」

「――どうしてそう思う?」

「声の感じと抑揚《イントネーション》で」

これは彼女の癖《くせ》なのか、ビアンカはわざわざ人の声のする方向に顔を向けてしゃべる。見える人には無意識の仕草だが、見えない人は相手の顔の位置を確認する必要がない。勘のいいビアンカは声がした方向を顔で追うので、知らない人が見たら盲目とは気づかないかもしれない。

「見えなくなってわかったことだけど、人の声にも『色』があるのよ。顔色みたいに。今のあなたの声、ご両親を懐かしがったり悲しんだりする響きを感じなかったから、もともと知らないのかなと思った」

ヴァンツァーはちょっと感心して、彼には珍しく素直に言っていた。

「きみはなかなか見上げた女の子だ」

ビアンカは変な顔になった。母親の姿を見えない眼で探し求め、自信なさそうに同意を求める。

「……ママ。今のって褒め言葉?」

「もちろん。最高の褒め言葉よ」

ブリジットは力強く頷き、スコーンを載せた皿を娘に手渡した。ビアンカは指でスコーンをさわって位置を確かめると、ちゃんとフォークを使って切り分けて口に運び始めた。器用なものだと感心する。

ヴァンツァーの生まれ育った世界は貧困も疾病も戦争も生活のすぐ側にあるのが当たり前だったから、人生の途中で視力を失った人も珍しくなかった。

生まれつき見えない人と違ってそうした人たちの絶望と喪失感は相当なものだった。毎日の生活にもひどく不自由していたはずだ。この世界には視力を失った人たちを補助する制度も便利な道具も豊富にあるが、失意のどん底にある本人を立ち上がらせることだけは周りがどうにかできるものではない。

ビアンカは前向きで行動的で、見事に立ち直っているように見える。見えない眼で調理したお菓子もきれいに形が整って、香ばしい匂いがしている。

これをいただかないなど、人としても客としても礼儀に悖《もと》ることなので、ヴァンツァーもスコーンを食べてみた。お世辞抜きに美味《おい》しかった。

「ビアンカはお菓子づくりが上手なんだな」

「料理は前から好きだったの。勝手がわからなくて最初はずいぶん失敗したけど、今は音声案内の自動機械があるから、そんなに苦労しないわ」

ビアンカもヴァンツァーに興味を持ったらしい。

「ねえ、ママ。ヴァンツァーのこと詳しく話して。どんな感じの子なの」

「そうね。男の子とは思えないくらい色が白くて、肌がきれいよ。切れ長の眼は形がよくて、瞳は青というより藍色《あいいろ》に近いわ。物憂《ものう》げな謎めいた雰囲気を醸《かも》し出している瞳で、たいていの女の人はぞくっとすると思う。笑う時に歯を見せて笑うのではなくて、上品に微笑するだけなのは少しもったいないわね。近寄りがたいと感じる人もいるかもしれないもの。髪は真っ黒で、真っ白な肌とよく映り合って、容姿端麗《たんれい》という言葉があるけど、この人の場合——男の子にこんな言葉は不似合いだけど、妖艶《ようえん》というのがふさわしいわね」

「妖艶な美少年？」

見えないビアンカは首を捻《ひね》っている。

「想像できないな。あたしの知らない種類の子だわ。中世劇に出てくる女形《おんながた》の役者さんみたいなの？」

「いいえ。女性らしいところはどこにもないわよ。中性的ですらないわ。背も高いし、骨格もしっかりしているし、この人にお化粧をさせたら眼を見張るほど美しい人ができあがるでしょうけど、それでも男性にしか見えないと思うわ」

「そうよね。手も大きくて硬かった。でも、変なの。大柄《おおがら》な大股《おおまた》に歩いてるのに全然足音がしないのよ。

人が歩く時はもっと大きな足音と振動がするのに。指示装置で感知した時もそうよ。人間の歩き方じゃないっていうか、二本の足で歩いてると思えなくて、屋外用の自動機械がすうっと接近して来たみたいな感じだったのよ」

「それは身のこなしがすごくきれいだからよ。この人の美しさは姿形だけじゃないわ。わたしが見てもすべるようになめらかな足取りだし、座っていても背筋がまっすぐ伸びて姿勢が整ってるのね。舞踊か何かをかなり専門に学んでいるんじゃないかしら」

「いいえ。自分は舞踊はやったことがありません」

気配を感じさせない足取りや物腰は長年の習慣で身に染みついたものだが、それを舞踊のたまものと賞賛されたのは初めてだ。

眼の前でこれほど堂々と、これほど端的に自分を女性に分析されるのも初めてだ。それがおかしくてヴァンツァーはごく自然に笑みを浮かべていた。

ブリジットが嬉しそうに言う。

「まあ、やっぱり。笑顔がとてもすてきよ。いつも笑っていればいいのに」

「残念。声を立てない笑顔はあたしには見えないわ。何かしゃべってくれる?」

ヴァンツァーはビアンカのほうを向いて言った。

「きみの母君は実に得難いご婦人だな」

普通に話していても声に楽しげな微笑が含まれているのが彼女にはわかるのだろう。笑って言った。

「それも褒め言葉?」

「そのつもりだ」

呼び鈴が鳴った。

ブリジットが嘆息《たんそく》しながら立ち上がる。

「お早いお着きだわ」

ブリジットは玄関で客を迎えたが、居間と玄関の間には扉がないので話し声がすっかり聞こえた。

「マージョリー。せっかく来てくれたのに悪いけど、ビアンカのお友達が見えてるのよ」

中には入れまいとしているようだが、客の勢いがブリジットの努力をあっさり押し流した。

「あら、ちょうどいいじゃない、そのお友達からもビアンカを説得してもらいましょうよ」

声からすると五十年配の女性だろうが、ずいぶん威勢のいい話し声だ。自分の主張を決して譲らず、思い込みが激しく、こうと決めたら闇雲《やみくも》に突進する中年女性の姿が想像できる口調である。

「今日は詳しい資料を持ってきたのよ。ほら見て。全寮制で環境もよくて、何より同じ年頃のお友達がたくさんいるんだから。ビアンカだっていつまでも家に閉じこもっていちゃ駄目《だめ》なのよ」

「いいえ。ちっとも閉じこもってないのよ。今日も花博覧会《フラワー・ショー》に行くって言って一人で出かけたの」

「あらいやだ。眼が見えないのに花博覧会だなんて。他の人の迷惑になるじゃない」

「大丈夫よ。よっぽど混雑してない限り、あの子は人にぶつかったりしないわ。指示装置にもずいぶん慣れて、すごく早足でさっさか歩くんだから」

「そうじゃなくて！　そんなところに見えない人がいるのが迷惑だって言ってるのよ。ビアンカの眼に気づいたら、お花を観賞してる他の人たちはみんな不愉快な思いをするに決まってるじゃない。人様にそんな気遣いをさせて申し訳ないと思わないの」

「ああ、それは考えなかったわねえ」

「あなたはほんとに呑気《のんき》なんだから。もっと常識で考えないと。ビアンカの将来も今のうちにちゃんと決めておかないと駄目よ。ね。どうかしら？　この専門学校ではちゃんと眼の見えない人の自立支援もしてくれるのよ」

「でも、勉強なら家でもできるでしょう。あの子も突然環境が変わるのは……」

「甘やかしちゃいけないわ。あなたがそんなだからビアンカは自立できないのよ」

ヴァンツァーは低く呟いた。

「あの女性はあれで声を抑えているつもりなのか。それともビアンカに聞かせようとしているのか」

「無意識なのよ」

やはりちゃんとヴァンツァーに顔を向けて話す。

「マージョリーはあたしの世話に縛り付けられてるママがかわいそうだって決めつけてるの。あたしが何を言ってもママが何を言っても聞く耳持たずよ。マージョリーの感覚ではあたしは寝たきりの病人で、着替えや食事やおむつ交換までママに頼っていて、自分一人では身動きもできない自立不能者らしいわ。義理の娘に牛馬《ぎゅうば》のごとくこき使われているなんて、ブリジットは何て気の毒な人なのかしら、わたしが解放してあげなくちゃ！　見当違いも甚《はなは》だしいけど、そんな使命感に燃えてるのよ」

「大きなお世話だと言ったらどうなんだ」

「無駄よ。マージョリーは『わたしは何て正しくて、ためになる正論を説いているのかしら。わたしこそ常識人だわ』っていう自分に酔ってるんだから」

「――常識人の割には先程からひどく失礼なことを言っているようだが」

「本当、とことん失礼よ。視覚障害者が花博覧会にいるのがわかったら健常者がいやな気持ちになる？　そんな説は初めて聞いたわ」

「俺もそんな常識は初めて聞いた」

真面目に答えたヴァンツァーだった。

「視覚に頼らなくても、花博覧会なら純粋に香りを楽しむこともできるだろうに」

「そうなのよ」

眼が見えなくても楽しめるというヴァンツァーの指摘が嬉しかったのか、ビアンカは顔を輝かせた。

「今日は薔薇を嗅《か》ぎに行ったの。香り主体の薔薇が何十種類も出品されているって報道で聞いたから。切り花より根付きのほうがよく香るのよ」

「俺にはとても数十種類の嗅ぎ分けはできないが、わかるのか」

「四十三種類。名前と香りを全部覚えたと思うけど、二、三ちょっと自信がないのもあるわ」

「見えている時はできなかったことなんだろう」

「もちろんよ」

たった一年でそこまで感覚が鋭くなるとは驚嘆に値する。この時、玄関の攻防に決着がついたらしくマージョリーの声が近づいてきた。

「あなたのためを思って言ってるのよ、ブリジット。第一、ビアンカだってもう大人じゃない。あなたがあの子の面倒を見なきゃならない義理はないんだし、ちゃんと話せばわかってくれるわよ」

何者も撥ね飛ばす勢いで小太りの身体を勇ましく（ただし悪い意味で）揺らしながら乗り込んできたマージョリーは予想通りの女性だった。

ずいぶんな若作りで、化粧も服装も派手派手しく品がない。玄関でまくし立てていた勢いそのままにビアンカにもの申そうとしたマージョリーだったが、居間にいたヴァンツァーを見て絶句した。

びっくり仰天《ぎょうてん》して足を止め、ぽかんと口を開けて、桁外れ《けたはず》の美貌に眼を奪われている。

ヴァンツァーにとってはまったくもっていつもの女性の反応だ。無表情に見つめ返したが、その眼がますますマージョリーの動揺を誘ったらしい。

「あ、あら、いやだ。お客さまだったの」

反射的に媚《こ》びるように言ったマージョリーの頬にうっすらと血が上る。これもいつものことである。

「だから言ったのに。騒がしくてごめんなさいね、ヴァンツァー。彼女はマージョリー・ロビンソン。血のつながらないわたしの叔母なの」

戻ってきたブリジットがあらためて紹介したので、ヴァンツァーは初めて軽く頭を下げた。

「ヴァンツァー・ファロットです」

一応名乗りはしたが、ブリジットに名乗った時と比べると声の温度が段違いである。

ビアンカが呆れた調子で言う。

「声が大きすぎて丸聞こえよ。友達の前なんだからよしてくれないかな。前にも言ったけど、あたしはどこにも行かないわ」

「またあなたはそんなことを言って！」

ヴァンツァーが静かな眼を向け、その一瞥だけでうるさいマージョリーを黙らせる。

無言で非難されているのはさすがにわかったのか、怯《ひる》みながらもマージョリーは慌《あわ》てて言ってきた。

「そうだわ。あなたからも言ってやってくださいな。何度もビアンカに専門学校に入るよう勧めてるのに、ちっとも聞こうとしないんですよ。わたしは本人のためを思って言ってるのに――。ふさわしい環境にいたほうがビアンカも幸せなのに」

ヴァンツァーは言った。

「ビアンカの幸せはビアンカにしかわかりません」

すかさずビアンカも同意する。

「その通りよ。見えなくなってから初めてお友達ができたのに。全寮制の学校なんかに入ったら滅多に会えなくなるじゃない」

再びマージョリーが吼《ほ》えた。

「何を言ってるの。見えない人は見えない人同士で仲良くするべきなのよ！　見える人の中にいたって本当のお友達なんかできるわけがないでしょう！」

この差別発言を無意識に言っているのだとしたら、ある意味たいした人物ではある。

ヴァンツァーは静かな眼でマージョリーを見た。

「お言葉ですが、ではあなたの顔が見えるわたしは、ビアンカの友達になる資格がないと？」

丁重ではあるが、限りなく冷ややかな問い掛けにマージョリーは小さくなり、急いで弁解した。

「いえ……まさか、そういうことじゃないんですよ。――あなた、本当にビアンカのお友達！」

「もちろん。何故です？」

「だって、あなた……」

その先はさすがに口にしないが、マージョリーの言いたいことは明白だった。ヴァンツァーのようにきれいな少年がなぜわざわざ眼の見えない女の子と仲良くしたりするのか――そういうことだ。

「眼が見えるか見えないかは極めて些細《さ さい》な問題です。眼は見えても中身の空っぽな少女と話すのは貴重な時間の浪費に終わるだけです。疲労感も伴います。比べてビアンカとの会話は実に有意義なものです」

ヴァンツァーの話をどこまで理解できたか謎だが、マージョリーは懲《こ》りずにまだ何か言おうとした。

しかし、ヴァンツァーが先手を打った。

「ミセス。敢《あ》えてご忠告します。障害者が健常者に劣るものであると決めつけ、差別するような発言は見識ある方にふさわしいものとは言えません」

「ま、まあ！　わたしは差別だなんて……」

「見えない人は見える人と真の友人にはなれない。れっきとした差別発言です。このような言動は品性愚劣の最たる証であり、時と場合によっては通報も躊躇《ためら》ってはならないとわたしは学校で教わりました。もちろん身内としてビアンカを案ずるお気持ちからなさった発言であることはわかっています。しかし、今後そうした発言は慎まれたほうがいいでしょう。若輩が目上の方に無礼を言うようですが、ご自分の言動にはもっと注意を払い、責任をお持ちなさいと敢えて申し上げます。さもないと、あなたご自身が軽蔑《けいべつ》すべき差別主義者だと誤解され、世間の非難を浴びることになってしまいます」

あくまで丁寧な口調であり、諄々《じゅんじゅん》と説いているが、根底にあるものはとことん厳しい。

マージョリーは完全に気圧《けお》された。

普段はもっときゃんきゃん吠えていくのだろうが、あまりに勝手の違う手強い相手をとても攻略できず、口籠もりながらブリジットを振り返った。

「あの……今日はこれで失礼するわ」

かくてマージョリーはすごすごと退散し、これを玄関まで見送ったブリジットは晴れ晴れとした顔で居間に戻ってきたのである。

「ヴァンツァー。あなたは本物の天使さまかしら。どんなにお礼を言っても足らないわ」

「あの叔母君はいつもあんな具合ですか」

ビアンカが苦い顔で答えた。

「あの調子でまくし立てて一時間は粘《ねば》っていくのよ。

話を合わせてくれてありがとう。助かったわ」

「俺は思ったことを言ったまでだ。悪気がなければ何を言ってもいいというものではないだろう」

「このところ特にひどいの。今のうちに何とか厄介《やっかい》払いをしなきゃって躍起《やっき》になってるみたい」

「どうして今なんだ？」

「ママが妊娠したからよ」

ヴァンツァーは眼を丸くしてブリジットを見つめ、きちんと慶事の挨拶を述べた。

「おめでとうございます。お体を大事になさって、よいお子さまをお生みになってください」

「まあ、ご丁寧にありがとうございます」

互いに礼儀正しく頭を下げる。この微笑ましさはビアンカには見えないが、笑いながら説明した。

「マージョリーはね、ママとパパが結婚した時から一日も早く子どもを生まなきゃだめだって、何度もママに『忠告』してたのよ。さもないと後妻なんて召使いも同然だ、家の中には居場所がないんだって。去年あたしが失明してからはしばらく寄りつこうとしなかったんだけど……」

「何故だ？」

「あたしがマージョリーの声がする方向に向かって手当たり次第に物を投げつけたからよ」

ヴァンツァーは大真面目に言った。

「正しい判断だ」

いっそ今でもそうしてやればいいのにと思ったが、ビアンカは気まずそうに苦笑した。

「子どもじゃないんだからもうやらないわよ。あの頃はね……死んだほうがましだと思ってたから」

無理もない。

「しばらくおとなしかったんだけど、ママの妊娠がわかってマージョリーは俄然《がぜん》張り切っちゃったのよ。なさぬ仲の——それも眼が見えなくなったお荷物の娘なんか、一日も早く家から追い出さないとお胎《なか》の赤ちゃんに悪い影響が出るに決まってる、あたしの世話に明け暮れてたらママは落ち着いて赤ちゃんを産むこともできない、赤ちゃんだってこんな環境の家で育ったら不幸になるのが眼に見えてる、ママは苦労させられるだけだって固く信じてるの」

ブリジットがお茶のお代わりを注ぎながら言う。

「正直なところ、マージョリーの相手をすることが一番の苦労なんだけど……」

しみじみと実感の籠もった言葉である。

ビアンカも苦い顔だ。

「あたしとママは特別仲がいいわけじゃないけど、義理の親子にしては結構うまくやってると思うわ。——実の母親がひどすぎたせいもあるけど」

「そうなのか？」

「ビアンカ」

ブリジットがたしなめる。悪口はおよしなさいと短い言葉で諭《さと》しているが、ビアンカはちょっと肩をすくめると、意に介さずに話を続けた。

「前のママはあたしが十一歳の時に出て行ったの。家にいる時から家事は全然やらない人でね。料理はあたし、掃除は自動機械、パパは放ったらかし——それなのに自分は男をつくって贅沢三昧《ぜいたくざんまい》。支払いはもちろんパパ。実の娘が言うのも何だけど、いないほうがいい親って本当にいるのよ」

「その母君は、今は？」

「パパと離婚した後、すぐ再婚したわ。あたしとは父親違いの弟も生まれたみたい」

「そして父君はブリジットと再婚したわけか。話を聞くだけでも両者正しい選択をしたと思うがな」

「あたしだってそう思う。なのに、あたしとママはうまくやってるっていくら言ってもマージョリーは信じないのよ。そんな馬鹿なことがあるわけがない、所詮は赤の他人なんだから仲良くできるはずがない、継母と継子が家族になんかなれるもんですかって、強硬に主張するのよ。そりゃあ、本当の家族かって言われるとちょっと自信ないけど、あたしはママが好きよ。前のママよりずっとね。それだけは確か。自分のところが継子と仲が悪いからって、他の家も同じにしてほしくないいんだけどな」

ブリジットが嘆息する。

「……子どもを産んで初めて前妻のお子さんたちや夫の親戚に胸を張れるのよって言う人ですからねえ。ある意味、お気の毒だとは思うわ」

ヴァンツァーは気掛かりそうに言った。

「しかし、あんな迷惑な来訪がたびたびあるのでは、それこそお身体によくないのでは？」

「あたしもそれが心配なの」

ビアンカが力強く頷いた。

「本格的にマージョリー対策を考えないとまずいわ。それに、ママ。そろそろブーリンを聞くのもやめたほうがいいんじゃない。胎教にはエステルハイジかスクーレがおすすめなんだって」

皆、有名な古典音楽の作曲家たちの名前である。

「ブーリンがお好きですか」

ヴァンツァーは思わず笑顔になってブリジットに問いかけ、ブリジットも嬉しそうに頷いた。

「ええ。あなたも？」

「はい。古典音楽家の中では一番好きです。確かに胎教には不向きかもしれませんが、圧倒的な迫力とあの重厚感は何物にも代え難いものがあります」

「まあ。ではヘクトール・タントをご存じ？」

「もちろんです。当代最高のブーリンの弾き手です。残念ながら記録媒体で聞いたことがあるだけですが、彼の弾くブーリンはすばらしい芸術です」

「まあ」

ブリジットは今度こそ顔を輝かせて両手を打つと、何やらうきうきと弾《はず》んだ声で尋ねてきた。

「来週の土曜日は何かご予定はありますか？」

「はい」

仕事中毒《ワーカホリック》ならぬ勉強中毒のヴァンツァーだから、休日にはまんべんなく予定を入れている。

しかし、ブリジットはちょっとがっかりしながら、なおも諦めずに食い下がってきた。

「あの、不躾《ぶしつけ》ですけど、それはどんなご予定なの。

夜も空いていないのかしら?」

どんなに鈍い人間でもこれはその日の夜に自分を誘いたがっているのだなとわかる。

ヴァンツァーはなるべく人とは関わらないように努めてきた。人を遠ざけるのではなく、交際範囲は広くても誰とも深く交わることはないのである。

親しい人間は故意につくらないようにしていたが、この母親が気になっている自分も否定できなかった。

ブリジットのようにきちんとした婦人がこれほど熱心に誘ってくるからには何か理由があるのだろう。

幸い、来週の予定は変更の利くものだ。好奇心とある種の気まぐれも手伝って、ヴァンツァーは彼にしては例外的にこの誘いに頷いていた。

「夜なら空いています」

「ありがとう!」

ブリジットは本当に嬉しそうに言い、弾んだ声で義理の娘に話しかけた。

「ビアンカ。すごいわ。よくぞこの人にぶつかってくれたわね」

その娘も見えない眼を見張って驚いている。

「待ってよ、ママ。あたしだって信じられないわよ。嘘みたいだわ。話ができすぎよ」

「いいえ。これこそ運命よ」

ヴァンツァーにはさっぱり話がわからない。

説明してくれるのを待っていると、ブリジットは急に話を変えた。

「お住まいはログ・セールのどちらなのかしら?」

「西岸になります」

話の流れでエクサス寮のある街の名前を告げると、ブリジットは頷いて立ち上がった。

「それでは約束通りお送りしましょう」

ヴァンツァーは顔をしかめた。

「失礼ですが、あなたが運転を?」

「もちろんです。うちの車ですもの」

「とんでもない。身重の女性に車を運転させるなど。来る時はバスを乗り継いで二時間掛かったんです」

往復したら四時間を超えてしまう。

妊婦にそんな重労働をさせられるわけがないのに、ブリジットは涼しい顔で頷いた。

「大丈夫ですよ。そんなには掛かりませんから」

「本当に大丈夫だから心配しないで」

義母の身体を心配していたはずのビアンカまでが太鼓判《たいこばん》を押し、おもしろそうに笑った。

「ただし、恐い思いをしたくないなら断ったほうがいいわよ。ママの運転は半端じゃないから」

ヴァンツァーは怪訝《けげん》な顔になった。

眼をやれば愛らしい童顔でにこにこ微笑んでいる、ぽっちゃりしたブリジットの姿がある。

「そんな危険人物には見えないが」

「危険ではないと思いますよ」

ブリジットが穏やかに微笑して言う。

「交通違反で罰則を取られたことは一度もないし、今はわたしも普通の身体ではないのだから、負担が掛からないように丁寧に運転します」

「ママに騙《だま》されちゃ駄目よ。見えなくてよかったと思うことの一つにママの運転が恐くなくなったってことがあるくらいなんだから。今までどのくらいの犠牲者が出たか！　あなたも覚悟して。最悪の場合、腰を抜かして立ち上がれなくなるわよ」

どういう妊婦でどういう運転だ？　と思ったが、ここまで言われては引き下がれない。

ヴァンツァーは果敢《かかん》に頷いた。

「わかりました。そこまでおっしゃるなら、送っていただきましょう」

「ちょっと待っててくださいね。支度《したく》しますから」

ブリジットが浮き浮きと二階へ上がって行く。

彼女が戻ってくるまでヴァンツァーはビアンカと居間に残っていた。

「さっきのマージョリーの声！」

おもしろそうに思い出し笑いをして、ビアンカはヴァンツァーのいる方向に顔を向けた。

「完全にひっくり返ってたわね。彼女のあんな声を聞いたのは初めてよ。——見えないのが残念だわ。

ああいう反応がいつものことなの？」

「そうだ。残念ながら母君のような稀有《けう》な女性には滅多にお会いできない」

「それはきっとママがパパ一筋だからよ」

断言して、ビアンカは微笑を消した。

二階を気にして低い早口で言う。

「本当はね、最初から仲がよかったわけじゃないの。最初の二年はママなんて呼んだことないし、ろくに口もきかなかった」

「再婚する前から親しかったんじゃないのか？」

「その頃はただのブリジットだったから平気だった。パパとの再婚に反対しなかったのは、変な話だけど、住み込みのお手伝いさんを雇《やと》うようなもんかって、割り切ってたからよ」

「お手伝いと義母は違うだろう」

「だから、パパの面倒を見てくれるお手伝いさんよ。あたしその頃、過干渉のパパがちょっと鬱陶《うっとう》しくて、女の人が家にいれば少しは違うだろうって思ったの。あたしの部屋には絶対入れなければいい。あたしも家事から解放されるから楽だし、遊ぶ時間も増える、あたしはあたしで好きなことするからパパも勝手にすればいいんじゃないって、理解のある娘のつもりだったけど、実際にそうなってみると、やっぱりね。複雑だった」

ビアンカはさばさばした口調で話を続けた。

「見えてた頃のあたしは、自分で言うのも何だけど、いやな女の子でね、みんながきれいだ、可愛いって褒めてくれるから調子に乗ってたの。去年はミス・マレル市にも選ばれて有頂天だった。こう見えてもファンクラブもあったのよ」

「顔の造作を言うならビアンカは今でも美しいぞ。ただ、額に傷があるというだけだ」

機嫌を損ねるかもしれないと承知で言ったのだが、ビアンカは吹き出した。

「ほんと、見えなくてよかったと思うわ。男の子が女の子に向かって『美しい』なんて言う時は、その子に気があるって決まってるのにね。あなたは違う。おまけに本気で顔のつくりを批評してるだけなのがわかっちゃう」

「人の顔の美醜に興味はないが、俺にも判断基準はある。その基準で言うとブリジットも美しいと思う。先程の叔母君は申し訳ないが醜い部類に入る」

　ビアンカはからかうように言ってきた。

「やっぱりね。雰囲気《ムード》のかけらもないわ。あなた、女の子に向かって容姿のよしあしなんか言ったことないんでしょ」

「迂闊《うかつ》に言ったら大変なことになる」

「妙な期待を持たせたくないから、いつもそんなにつっけんどんな態度で話してるの？」

「好きで無愛想に振る舞っているわけではないが、なまじ愛想よくするとそれこそ危険だ」

「美形すぎるっていうのも大変なのねえ。あたしは、見える頃は男の子にちやほやされて嬉しかったし、それが当然だと思って得意になってたけど……」

　しみじみと言って、ビアンカは話を戻した。

「事故に遭《あ》って失明して、顔にもひどい傷が残って、そうしたらね、みんなあたしの側からいなくなった。前のママなんか一度もお見舞いに来なかった。もう関係ないって思ってたみたい。最後まで残ったのはパパと――今のママだけだった」

　重い話の内容に対して、実にあっけらかんとした口ぶりである。

　二階からブリジットが下りてきた。

「おまちどおさま。行きましょうか」

　ブリジットはスカートからスラックスに穿《は》き替え、靴も替えていた。たいていの車には自動操縦装置がついているのに、どうして靴まで履《は》き替える必要があるのかと疑問に思っていたら、ローリンソン家の車は本格的なスポーツカーだった。

　この車にももちろん自動操縦装置は付いているが、本当にこの車が好きな人はそんな機能には頼らずに、自分で運転する。

ただし、そのためには両手の操作だけでは不足で、足でも複雑な操作をする必要があるのだ。

ブリジットの恰好《かっこう》を見ても手動で運転する気満々なのはわかるが、主婦が買い物の足に使うものとは根本的に次元が違う。

「ご主人の車ですか？」

「いいえ。主人は滅多に運転しないんですよ」

一緒に外に出てきたビアンカも何故か後部座席に乗り込んだので、ヴァンツァーは呆れて言った。

「ログ・セールまで行って戻ってくるだけだぞ」

「あたし一人だけ家で待っているのも退屈じゃない。ドライブにつきあうわ」

後部座席にヴァンツァーとビアンカが並んで座り、身体を座席に固定する。

ブリジットも同様にして車を発進させた。

彼女の運転はとんでもないどころかむしろ上手で、制限速度をきっちり守って街中をすいすい走る。

自動操縦かと思うような正確で安全な運転なので、ヴァンツァーは感心した。

「わたしも免許を持っていますが、手動ではとてもこんなに上手《うま》くは走れません。何かこつがあるなら教えてもらえますか」

「こつと言うほどのものではありませんけど、昔、配達の仕事をしていたことがありましてね。荷物を傷つけたら即、罰金ですから。運転は慎重に正確に。――自然とそういう癖がついたんですよ」

ビアンカが言った。

「この車、ちゃんと動かすのはすごく面倒くさいの。街中くらい自動操縦にすればいいのに」

「自動操縦装置は遅すぎて落ち着かないのよ」

「遅いと言いますと？」

ヴァンツァーが尋ねると、ブリジットはちょっと気まずそうに言ってきた。

「安全確認に時間が掛かりすぎるんです。もちろん確認自体はしなきゃなりませんけど、慣れた人間の眼はもっと速く判断できます。それに――あんまり大きな声では言えないんですけどね、制限速度よりほんの少し速く走っても違反は取られないんですよ。もちろん、ほんの、ほんのちょっぴりですけど」

微笑したヴァンツァーだった。

「しかし、自動操縦装置は律儀《りちぎ》に制限速度までしかスピードを出してくれないわけですね」

「そうなんです。それどころかちょっと遅いくらいなんですよ。それが焦《じ》れったくて」

ブリジットの運転は上手だった。バスで来た時と比べるとずいぶん速く大陸横断道路に出た。

彼女が本領を発揮《はっき》したのはそこからだ。

大陸横断道路には制限速度がない。

従って車の性能の許す限りどんなに速く走っても違反にはならない。

ブリジットはハミングしながら一気に加速すると、まるで弾丸のような速度で突っ走り始めたのである。

南半球と北半球を結ぶ大陸横断道路は通勤にも使われており、夕方のこの時間帯には車も多い。

ほとんどの車は自動操縦装置で動いている。

『安全を保てる限界速度』以上では走れないように設定されており、車間距離も均一に保っているが、ブリジットは違う。

彼女が操作する車はぐんぐん速度を上げて行き、景色が猛烈な勢いで背後に吹っ飛んで消えていく。

あまりにも速すぎて、次から次へと眼の前に車が迫る。衝突するような勢いで突っ込みながら見事に躱《かわ》しては置き去りにし、また次の車を標的《ターゲット》にして襲いかかってはあっさり追い抜いて行く。右に左に自在に車を操りながら車内はまったく揺れない。

明らかに一台だけ周りの車とは次元の違う走りだ。

視界に映る光景は気の弱い人間ならたちどころに震え上がって『降ろしてくれえ！』と絶叫するのは間違いない凄《すさ》まじさだ。この驚異的な運転技術にはヴァンツァーも驚いたが、怯えたりはしなかった。

ただ、運転席の速度計を覗《のぞ》いて心配になった。

「ブリジット。お身体のためにも少し控えたほうがよくありませんか」

「大丈夫。お胎の子によくないのは衝撃ですからね。速度だけなら問題ありません」

本当に問題ないのか？　と喉《のど》まで出掛かったが、ヴァンツァーは賢明《けんめい》にも黙っていた。

隣に座っているビアンカがおもしろそうに言う。

「あなたはママの運転が平気みたいね」

「いいや、充分に驚いている」

「驚いてるだけで、ちっとも恐がってないでしょ」

それも声でわかるらしい。

ヴァンツァーは微笑しながら言葉を返した。

「俺は車の運転は素人《しろうと》だが、ブリジットがかなりの熟練者《ベテラン》なのは見ればわかる。素人の無茶なら恐いが、これは経験と自信に裏付けられた人の確かな技術だ。安心して乗っていられる」

「まあ、嬉しい」

運転席のブリジットが後ろを振り返って言うので、ヴァンツァーはさりげなく注意した。

「すみませんが、前を向いてもらえますか」

「あら、ごめんなさい」

そんなことをしても車は少しも揺れないのだから驚きである。

「これも配達の仕事で培《つちか》った技術ですか？」

「ええ。何しろ数をこなさないとお金になりませんでしたから。車も自分なりに手を入れて、飛ばせる時は最高速度で飛ばす。そういう習慣が染みついてしまって、わたしにはこれが普通なんです」

とんでもない『普通』もあったものだ。

車は高速バスを使った時の半分以下という驚異の早さでログ・セール大陸に上陸した。

今度は制限速度をぴたりと守って（ブリジットの弁によるとほんのちょっぴりオーバーだそうだが）、経路表示装置を見ながら初めての道を迷わず進み、あっという間にエクサス寮の前に到着してしまった。

ローリンソン家を出てから一時間も経っていない。

車を降りたヴァンツァーは運転席のブリジットに、感嘆の声を掛けたのである。

「あなたは最高の運転手《ドライヴァー》です」

後部座席のビアンカも一度車を降りて、助手席に座り直した。後は車が発進するのを見送るつもりでそこに立っていると、ブリジットが運転席から何か差し出してきた。

「これ、受け取ってくださいな」

豪華な封筒だった。手触りからすると中身は硬いカードのようである。

開けてみると、それは入場券《チケット》だった。

場所はレノックス州サンティニ市のトリニティ・ホール。日時は来週の土曜六時開演となっている。

上演内容はヘクトール・タントの演奏会。

演目はブーリンの鍵盤協奏曲七番。

席は中央前から五列目の特等席。

極めて珍しいことにヴァンツァーは絶句した。

度肝《どぎも》を抜かれるという経験は滅多にないのだが、この時ばかりは本当に呆気《あっけ》に取られた。驚きの眼でブリジットを見つめると、彼女は微笑を返してきた。

「家族で行く予定だったんですが、一昨日から急に夫が長期の出張に出ることになってしまいましてね。夫もタントの大贔屓《ファン》ですから、演奏会に行けなくて地団駄《じだんだ》踏んで悔《くや》しがっていました。ですが、こんな立派な席を空席にはできません。かといって滅多な人には譲れません。どうしたものかと案じていたら、神さまが男前の天使を遣わしてくれました」

助手席のビアンカも笑って言ってくる。

「受け取って。でないと無駄になっちゃうのよ」

促されても、咄嗟《とっさ》に対応できなかった。

何かに固執することの少ないヴァンツァーがこれだけは欲しいと思う貴重品ではあるが、世間的にも大変高価かつ入手困難で知られる入場券である。

謝絶すべきであるという考えが頭をよぎったのも確かだが、その考えを敢えて無視することにした。

ブリジットが言ったように、これが出会いというものなのだろう。ありがたく受け取ることにしたが、こんな高価なものを無料《ただ》ではもらえない。

それとこれとは話がまったく別だからだ。

ヴァンツァーは一礼してブリジットに話しかけた。

「わたしを選んでくださったことを光栄に思います。代金は来週お目に掛かった時にお支払いしますが、それでよろしいでしょうか」

ヴァンツァーが孤児だと話した後だけに、代金はいらないと断るかもしれないと思ったが、意外にもブリジットはそんな善意の押しつけはしなかった。

「来週払っていただけるの？　ありがたいわ。でも、無理はしないで。分割でもかまわないんですから」

「無理ではありません。本来でしたら車の燃料代もわたしが持つべきでしょう」

ビアンカが助手席から口を出してくる。

「せっかくだから一括《いっかつ》でもらっときなさいよ、ママ。この子あんまりお金には困ってないみたいだから。——だけど、燃料代まで払うことないわよ。それはママが好きでやったことなんだから」

「そうですよ。燃料代は結構です」

ヴァンツァーはすっかりおもしろくなって微笑を浮かべると、もう一度、車内の母娘に一礼した。

「お二人のご厚意に感謝します」

「こちらこそあなたにぶつかってくれたビアンカの指示装置にお礼を言いたいくらいです」

「壊れちゃったから代わりを買わないと。——来週サンティニで待ってるわ」

2

演奏会は最高の盛り上がりを見せた。

ヘクトール・タントはブーリンを弾かせたら右に出るものはないとまで言われる奏者だ。その演奏は重厚で木訥《ぼくとつ》であり、浪漫的《ロマンティック》な要素はどこにもない。

近代では主流の独自の解釈も一切加えない。彼が提供するのはむき出しの、圧倒的なまでの『音』だ。

タントは既に六十歳を過ぎているが、力強い指と磨《みが》き抜かれた確かな技術は衰えるどころか、年齢を重ねるごとに深みを増し、円熟の境に達していると評判で、しかも今夜演奏するのはブーリンの中でも名曲の誉《ほま》れも高い協奏曲第七番だ。

五百年の昔に生きたブーリンが己の曲を奏でたらこうだったのではないかと感じさせる見事な演奏に、聴衆は惜しみない拍手を送ったのである。

全身を震わせた演奏の余韻《よいん》に心地よく浸《ひた》りながら、ヴァンツァーは感嘆の声を洩《も》らしていた。

「すばらしい」

その横ではブリジットが同じく興奮に頬を染めて、熱心に感想を述べている。

「本当にすてきだったわね。あの打鍵《タッチ》！　あれこそ彼の真骨頂なのじゃないかしら」

ビアンカも満足そうだった。

「すごかった。生で聴くと迫力が段違いよね」

「同感だ。今日の演奏は特に出来がよかったように思う。――生で聴くのは俺も初めてだが」

生演奏であるから出来不出来があるのは当然だ。

他の演奏を聴いたことがなければ比較のしようがないわけだが、感動の度合いでその出来を推し量ることはできる。

ヴァンツァーの感想は耳の肥えた聴衆の感想でもあったようだ。名残惜しそうに席を立つ人の中には常連と思《おぼ》しき顔ぶれや評論家らしい人の姿もあるが、その彼らも興奮を隠せない様子だった。我を忘れて熱心に賛美するのは自らの誇り《プライド》や沽券《こけん》に関わるのか、控えめを装ってはいるものの、口々に賞賛の言葉を述べている。

トリニティ・ホールは着飾った男女で溢《あふ》れていた。当代最高の演奏家の檜《ひのき》舞台であるから、普段着で来ているような人は一人もいない。

ヴァンツァーも十六歳の少年なりに正装していた。何の変哲もない紺《こん》のスーツだが、何しろ着ている人間の見栄えが抜群にいい。本人の佇《たたず》まいと姿勢の良さも相まって誰もが振り返って見るほどだったが、彼は連れの母娘《おやこ》以外には見向きもしなかった。

ビアンカは鮮やかなブルーのワンピースだった。裾《すそ》が長いのでドレスと言ってもいいかもしれない。髪はきれいにまとめて同色の繻子《サテン》のヘアバンドを回して留めている。

麦わら帽子の代わりの指示装置だろう。前髪には花飾りを差して額の傷をうまく隠している。

ビアンカは自分の顔も傷も見えないから、これはブリジットが工夫したのだろう。

そのブリジットはやわらかく裾の揺れるシフォンドレス姿だった。コーラルピンクの地に淡い大きな花柄をあしらったもので、肩には薄手のショールを品よく掛けていて、彼女の雰囲気によく合っている。

ヴァンツァーは心地よく満ち足りた微笑を浮かべ、あらためて彼女に礼を言った。

「今夜の演奏は最高です。思い出に残るすばらしいブーリンでした。ありがとうございます」

「あなたに喜んでもらえて嬉しいわ。ナイジェルはますます悔しがるでしょうけど」

ブリジットはちょっと悪戯《いたずら》っぽく夫の名前を出し、ビアンカも笑って言った。

「そうそう。パパにヴァンツァーのことを話したら、今度ぜひ会いたいそうよ」

ヴァンツァーは真顔で言った。

「お父上がお帰りになったら、あらためてご挨拶に伺《うかが》わなければと俺も思っていたところだ」

ブリジットが嬉しそうに手を叩いた。

「まあ、楽しみだわ。その時はビアンカとわたしが腕を振るったお食事にご招待するわね。――今夜はまたバスでお帰りなの？」

「はい。もう遅いので、これで失礼します」

「それじゃあ駅までお送りするわ」

恐ろしいことにブリジットは今日もこの恰好で、あの車を運転してきたらしい。

サンティニ市は州の幹線道路からは外れており、このトリニティ・ホールもかなり辺鄙《へんぴ》な場所にある。足があればそれほど不自由は感じないだろうが、ここから高速バスの駅まで公共機関を使うと一時間以上はかかる。マレル市とは方向も変わらないので、ヴァンツァーはありがたく送ってもらうことにした。

そのほうが断然早い。

ドレス姿の女性が運転するスポーツカーは軽快に夜道を突っ走った。

ヴァンツァーはビアンカと並んで後部座席に座り、タントの演奏のことや、ビアンカの父親のことなど、尽きることのない楽しいおしゃべりに興じていた。

これは彼にしてはまったく珍しいことで（年頃の女の子と楽しいおしゃべりである！）自分でも意外だったが、ふと妙な気配を感じ取った。

後ろを振り返ると車が一台ついてくる。

ここは公道だ。車が走っていてもおかしくないが、窓の外を見ると、ずいぶん寂しい場所である。

そこは山の中だった。

来た時はこんなところを通らなかったが、これが近道なのだろう。左手に岩肌がそびえ立ち、右手は深い谷になっている。

あらためて後ろの車に眼をやった。

夜間だから車は当然、前方灯《ヘッドライト》をつけている。

周りが暗いのと距離があるせいで車種も運転手も識別できない。

ヴァンツァーが会話を切って口をつぐんだので、ビアンカは訝しむような顔をしている。

口を開きかけたが、思い直してまた閉ざした。

眼は見えなくても、ヴァンツァーの変化を敏感に感じ取っているのかもしれなかった。

実に助かる。

それでなくても女の子に『何を考えてるの?』と問われることほど辟易するものはないのだ。

おかげで後ろの車に集中できる。

ただの偶然か、考えすぎかもしれないと思ったが、この勘は無視できないことをヴァンツァーは長年の経験で知っていた。確かめるべきと判断した。

「ブリジット。少し速度を落としてくれますか」

「どうかしたの?」

「確認したいことがあります」

少し怪訝な顔をしたものの、ブリジットは詳しく訊こうともせず、緩《ゆる》やかに速度を落としてくれた。

すると後ろの車も同じように減速する。

その様子を鏡《ミラー》で確認して、ブリジットは訝しげに呟いた。

「変ね、追い抜いていかないわ」

「おっしゃるとおりです。我々が狙いらしい」

ビアンカが初めて不思議そうに尋ねてきた。

「あたしたち、尾行されてるってこと?」

「そうだ」

ヴァンツァーの表情は厳しくなっていた。彼にはビアンカのような鋭敏な感覚の持ち合わせはない。

ただし、感じ取れるものはある。

根拠はなくても後ろの車は危険だと、彼の感覚が警鐘を鳴らしている。

ブリジットが叫んだ。

「しっかり摑まって!」

ビアンカもヴァンツァーも固定帯《シートベルト》をしていたが、身体が座席に押しつけられるほどの加速を感じた。

咄嗟に振り返ると、後ろの車が猛然と突っ込んで来るところだった。加速するのが一瞬でも遅れたら間違いなく衝突していた勢いだ。

前方灯に手が届きそうな近さである。正面硝子《フロントガラス》を加工してあるようで運転手の姿は確認できない。

かなりの大型車だった。

こんな大きな車体をこんな勢いでぶつけられたら、こっちの車はひとたまりもない。

猛速度《スピード》で岩肌に叩きつけられるか、逆に谷底まで一気に突き落とされるかして車は全壊《クラッシュ》、三人とも命はなかったに違いない。

運転席に座っていたのがブリジットでなかったら確実にそうなっていただろう。

しかし、ぽっちゃりした人妻は実に素早かった。

不穏な気配を察して一足先に加速し、後ろの車の体当たりを余裕で躱してみせたのだ。

見る間に引き離したが、後ろの車も速度を上げて再び猛然と突っ込んでくる。

「あら」

ブリジットが呟いた。おもしろがっているような、聞きようによっては妙に物騒な呟きだった。

ビアンカが素早くヴァンツァーに囁《ささや》く。

「覚悟して」

それを合図にしたかのように車は一気に加速した。

とんでもない速さだった。大陸横断道路と違って、山中の道路は幾重にも蛇行《だこう》している。

その曲がりくねった鋭角《コーナー》にブリジットはまったく減速せずに突っ込んだ。

凄まじい迫力で谷が迫る。あわや曲がりきれずに崖《がけ》から真っ逆さまかとひやりとしたが、車は見事に鋭角を曲がって、きれいに体勢を立て直した。

再度突き放したが、後ろの車はそれでも諦めない。

山道仕様になっているのか、それとも出力だけは向こうの車のほうが勝っているのか、がむしゃらに追い上げてくる。

たちまち激しいカー・チェイスとなった。

なまじ道が大きく蛇行し、鋭角がきついだけに、車内の揺れ方は尋常《じんじょう》ではない。

ヴァンツァーは車内の取っ手にしっかり摑まって身体を支え、背後よりも運転手を案じて叫んだ。

「ブリジット、無茶はするな！　胎《はら》の子が！」

「ご心配なく。妊婦用の固定帯《シートベルト》よ！」

そんなものがこの世にあるとは知らなかったが、それを聞いてヴァンツァーはほっとした。

今この状況で彼女以上に頼りになるものはない。

ブリジットが運転席に座っていれば大船に乗ったようなものである。

実際、鋭角を曲がるたびに、後ろの車はどんどん離されていき、ついには見えなくなった。

再び鏡を確認してブリジットが言う。

「振り切ったかしらね」

「あなたはすばらしい運転手だ」

二人の声を聞いてビアンカが尋ねてきた。

「後ろの車、ママに喧嘩《けんか》を吹っ掛けてきたの？」

ブリジットが答える。

「そんな感じでもなかったわねえ。物騒な話だけど、ぶつけようとしてたみたいよ」

「何それ、悪戯にしてもひどいじゃない」

「今のは悪戯じゃすまされないわ。まあ、恐いこと。避《よ》けなかったら今頃この車はめちゃめちゃよ」

ヴァンツァーもそれが気になった。

ブリジットにもビアンカにもわからないだろうがヴァンツァーにはわかる。

今の車には明らかな『殺意』があった。

ヴァンツァーには何よりも馴染《なじ》んだものである。

当然、自分を狙っていたのかと冷静に自問したが、ヴァンツァーはすぐにその考えを否定した。

ここは普段の自分の行動範囲から遠く離れており、今の自分は（表向きは）ごく普通の高校生である。

高校生としての自分には殺されそうになるような心当たりは何もないのだ。その上で自分の命を狙う何者かがいるとしたら、必然的に、ヴァンツァーの正体を知った上で襲ってこなければおかしい。

だとしたら、あんなやり方はしないはずだ。

確実に自分を殺そうと計ったにしては今の攻撃はあまりにもお粗末すぎる。

となると、狙われたのはブリジットかビアンカということになるが、彼女たちに命を狙われる理由があるとはもっと思えない。

むしゃくしゃしてやった、誰でもよかったという動機がまかり通る物騒な世の中であるから、車なら何でもよかった無差別犯の可能性も否定できないが、もしそうではなかったとしたら――。

『この車』が狙われていたのだとしたら――。

事故に見せかけてブリジットないしはビアンカ、加えて自分までをも巻き添えに殺そうとしたのなら、見極めねばならなかった。今すぐにだ。

何故なら、誰の車かを知って襲ってきたのなら、向こうは当然ローリンソン家の住所も知っていると判断するべきだからである。

車はもうじき高速バス乗り場に着いてしまう。

そこで別れて二人を家に帰しても安全かどうか、確証を得なくてはならない――と、ヴァンツァーはそこまで考え、そんな自分におかしくなった。

昔の自分ならこんなふうには思わなかった。

この二人が命を狙われている事実に気づいても、それは己のあずかり知らぬこと、関係ない出来事と割り切って平然とバスに乗っただろう。

その結果、明日この二人の死亡記事を見ることになるとわかっていてもだ。

今は違う。

それは避《さ》けたいと思っている自分がいる。

何故なのかはわからない。人の死など山ほど見てきたものだし、己の手でもつくりだしてきた。

何の感慨《かんがい》も抱《いだ》かずにだ。

それなのに、この二人の死亡記事は見たくない。

相反する感情にひっそりと苦笑を浮かべたものの、ヴァンツァーはぐずぐず迷ったりしなかった。

潔《いさぎよ》く今の自分の心境に従った。

先程の車が無差別犯で、この二人は安全だという考えはひとまず横に押しのける。それは万に一つの僥倖《ぎょうこう》を恃《たの》むようなものだからだ。

あくまでビアンカかブリジットが狙われたという前提に基づき、では動機は何なのかと頭を絞るが、いかんせん時間が足らなすぎる。

ヴァンツァーはどうしたものかと焦《あせ》り、ある非常手段を思いついた。なるべくとりたくない手段ではあったが、背に腹は代えられない。

運転席に向かって、さりげなく提案した。

「ブリジット、ビアンカ。よかったら駅でお茶でも呑《の》んでいきませんか」

エクサス寮の寮生とプライツィヒ校の生徒たちが聞いたら絶句して耳を疑ったに違いない。

よりにもよってあのヴァンツァー・ファロットが女性をお茶に誘っているのである。

天変地異の前触れだ！　と、彼とつきあいの長いレティシアでも眼を剝《む》いて叫んだだろう。

高速バス乗り場があるのは大きなターミナル駅で、夜遅くまで開いている喫茶店や飲食店も多い。

母娘ともそれを知っていたから乗り気になった。

「いいんじゃない。ママ。寄っていこうよ。あたし、ちょっとお腹空いちゃった」

「そうねえ。そうしましょうか」

ヴァンツァーはすかさず言ったのである。

「ここはわたしに持たせてください。先日も今回も送ってもらったのですから」

ますますもって天変地異の前兆である。

やがて暗がりの中に煌々《こうこう》と輝く灯りが見えてきた。ターミナル駅である。

駐車場に車を停めて、三人は広い構内に入った。

こんな遅い時間でも結構な人で賑《にぎ》わっている。

若い人たちもいれば、今から仕事に向かうらしい会社員《ビジネスマン》の姿もある（目的地はきっと昼なのだろう）。

三人は構内の店を物色し、お茶も食事も楽しめる、家族向けの食堂に入った。

初めての場所でもビアンカは指示装置のおかげで、

ちゃんと障害物を避けて歩いている。

ブリジットはお茶とケーキを注文し、ビアンカはそれに加えてグラタンまで頼んだ。

ヴァンツァーは珈琲《コーヒー》を頼むと、二人に断って席を立った。

「ちょっと失礼」

化粧室に行く振りをして、彼は物陰で携帯端末を取り出した。去年マレル市で行われた美人競技会《コンテスト》を検索してみる。地方主催の小さな催し物だが、幸い優勝者の写真が見つかった。昨年、地元ではかなり大きく取り上げられた記事のようだった。

まだ眼が見えていた頃のビアンカが写っている。

額には傷もない。花の冠《かんむり》を被り、優勝杯を持って、得意そうな顔で誇らしげに微笑んでいる。

その写真を先に送信しておいて、ヴァンツァーは目当ての番号に掛けた。

数回の呼び出し音の後、相手が出る。

「はい。もしもし」

「急いでいる。今送った写真を見てくれ」

有無を言わさずに言うと、端末の向こうの相手は呆れたように笑った。

「ほんとに急だねえ」

「無茶は百も承知だ。この少女の運勢を見て欲しい。――特に命の危険があるかどうかをだ」

「いいよ」

この相手はいつもこんな感じだった。

余計なことはおろか、必要最低限のことさえ一切訊いてこない。それが少々薄気味悪くもあるのだが、この際ありがたい。

ところが、送られた写真を確認すると、向こうは不思議そうな口調で言ってきた。

「この子、もういないんじゃない？」

脱力しながら反論する。

「馬鹿なことを……。ちゃんと生きている」

「生きてるのはわかってるよ。だけどこの子はもういないと思う。う～ん、ちょっとやりにくいね」

相変わらずとことん会話に不自由している相手に、ヴァンツァーは根気よく問《と》い質《ただ》した。

「俺にわかるように言ってくれないか」

答えはなかった。手札を切る軽やかな音が聞こえ、感慨深い声が言う。

「——ああ、なるほど。彼女はとても大きなものを失ったんだね。一度は光を失って暗闇の底に落ちた。だけど、失ったものを補ってあまりある新たな光とすばらしいものを得た。今の彼女は大いなる試練の中にいるけど、人生で今が一番充実しているんじゃないかな。そうか、やっぱりね、だからこの写真の頃とは別人なんだよ」

めちゃくちゃではあるが、言わんとするところは何となくわかる。ヴァンツァーの眼で見ても去年のビアンカは容姿自慢の驕慢《きょうまん》な少女に見えるからだ。

この頃に出会っていたら、到底彼女を美しいとは思わなかっただろう。してみると、人の美しさとは単に顔の造作で決まるものではないということだ。

相手がまた言った。

「彼女は今、二重の意味で岐路に立っている」

「二重とは？」

「鍵は彼女が光を失った日」

お世辞にも会話が成立しているとは言えないので、ヴァンツァーはもっとも気になることを再度尋ねた。

「危険についてはどうなんだ」

「きみ次第かな」

「……どういう意味だ？」

「言葉どおりだよ。——光を失ったってことは彼女、眼が見えないの？」

「そうだ」

今さら何を言うのかと思いながらも肯定すると、相手は予想外のことを言ってきた。

「それ、確認したほうがいいよ」

思ってもみなかった指摘にさすがに驚いたものの、ヴァンツァーは冷静に言い返した。

「今の彼女が盲目なのは確かだぞ」

「うん。そうだね。今言えるのはこのくらいかなあ。

——じゃあね、約束があるんだ」

唐突《とうとつ》に通話が切れた。

ヴァンツァーは思わず宙を睨んだのである。

占い師というものは何とでも取れるような曖昧な表現しか使わないのが難点だが、今の相手は違う。

残念ながら会話自体は恐ろしく不自由しているが、発する言葉は極めて明瞭《めいりょう》ではっきりしている。

ならば、こちらで解読してやればいい。

幸いこの謎解きはさほど難しくない。

鍵は彼女が光を失った日。

ビアンカは轢き逃げが原因で失明し、犯人はまだ捕まっていない。そして先程襲ってきた車。

これだけ揃えば答えなど一つしかない。

ヴァンツァーは二人が座る席へと戻っていったが、少し離れたところで立ち止まり、ブリジットと眼を合わせて、唇《くちびる》にそっと指を当ててみせた。

その上で手招きした。

ブリジットは驚いたような顔をしたが、ちゃんと意図《いと》を呑み込んでくれて、ビアンカに話しかけた。

「ちょっと外すわね。一人で大丈夫？」

「やあねえ。平気よ」

ヴァンツァーは無言でブリジットを離れた場所に誘い、ブリジットは不思議そうに尋ねてきた。

「なあに。何の内緒話なのかしら？」

ヴァンツァーは単刀直入に切り出した。

「立ち入ったことをお尋ねします。ビアンカの眼は本当にもう治らないのでしょうか」

ブリジットが息を呑んだ。その顔に大きな驚きが広がるのを見て、質問したヴァンツァーも驚いた。

「治るのですか？」

ブリジットはちょっと躊躇って頷いたのである。

「ええ、でもヴァンツァー。どうして知ってるの？　お医者さんから聞かされたばかりなのに」

「いつです」

「一昨日よ」

ヴァンツァーは片方の眉《まゆ》を吊《つ》り上げた。

「一昨日?」

「二週間前に検査を受けて、一昨日結果が出たの。手術を受けて、成功すれば見えるようになるって。まだ夫に話しただけなのに……どうして」

困惑しているブリジットに対し、ヴァンツァーの頭はめまぐるしく回転していた。断定的に言った。

「ブリジット。ビアンカが狙われています」

「何ですって?」

「さっきの車は明らかに我々の車を狙っていました。わたしは偶然同乗しただけですから、狙われたのはあなたかビアンカです。しかし、最高の運転手ではあるものの普通の主婦であるあなたと、十八歳とは思えないほど気概《きがい》はあるものの盲目のビアンカ——このようなご婦人方がどうして命を狙われるのかとその点が不可解でしたが、一年前の轢き逃げ犯人が自分の人相をビアンカに突き止められるのを恐れてやったのだとすれば、筋が通ります」

ブリジットは絶句していた。茫然《ぼうぜん》自失の体で立ちつくし、そっと義理の娘のほうを振り返った。

ビアンカが一人で座っている。眼が見えないとは思えない手つきで運ばれてきたお茶を呑み、茶碗《ちゃわん》を皿に戻し、器用にケーキを切り分けている。

再びヴァンツァーに視線を戻したブリジットは、青ざめた顔で首を振った。

「いいえ、あり得ないわ。どうしてあの子の視力が回復するかもしれないことを犯人が知ってるの?」

「そこが謎なのです。本当にご主人以外には誰にも話していませんか?」

「まあ、もちろんよ。何故って……」

ブリジットは気まずそうに口籠もり、声を低めて、そっと告げてきた。

「実は、ビアンカはあまり手術に乗り気じゃないの。成功率が低いことを気にしているみたいなんです」

「確率は?」

「五分五分だとか」

「それなら躊躇う理由はないでしょう」

　ヴァンツァーの言葉には確信が籠もっていた。

「生まれつき見えない人が初めて視力を得るのとはわけが違います。彼女は視力を失ってまだ一年だ。見える世界を知っている人間なら、もう一度、光を取り戻したいと願うはずです」

「ええ、本当に。わたしもそう思うの。夢みたいなお話だと喜んだんだけど……」

　ブリジットも躊躇っていた。

「実は……去年も同じことがあったんです。最初は、視力は取り戻せるんじゃないかというお話でした。視神経には異常が見られないから、義眼交換手術が可能だと言われて、ナイジェルもわたしももちろんそれを希望しました。本人も乗り気だったんですが、後になってあの子の場合は体質や症状にいろいろと難しい制約があることがわかったの。結局、手術は不可能だと言われてしまって……ビアンカはずっと部屋に閉じこもって泣き通しでした。なまじ希望の光が差した後だけに落胆も大きかったんでしょう。この二ヶ月くらいでようやく立ち直って今の自分を認められるようになったんですよ」

「驚異的な強さです」

　病気でいずれ失明するとわかっていれば話はまた違ったかもしれない。心の準備も覚悟もできたかもしれない。だが、何の前触れもなく十七歳の健康な女の子が視力を奪われたのだ。

　ビアンカはもともと活発で前向きで物怖じしない性格ではあったのだろう。

　前はそこに虚栄と驕慢がついて回ったが、視力を失うと同時にそれらのよくない要素もなくなった。代わりにもっとすばらしいものを得た。

　今のビアンカは一年前の彼女とは別の子だという。あの占いにも納得できる。それなのに、その彼女が視力回復手術を躊躇《ちゅうちょ》しているという。

「今回の手術に失敗した時の危険度《リスク》は？」

「二度と視力の回復は望めなくなるそうです」

「しかし、見えないのは今でも同じことでしょう。挑戦する価値はあるはずです」

理解に苦しむ口調でヴァンツァーが思わず言うと、ブリジットも首を振った。

「わたしにもわからない。やっぱり本当の母親じゃないからかしらね。何も話してくれなくて……」

自嘲《じちょう》気味の呟きだったが、ブリジットも芯の強い女性である。顔を上げて毅然《きぜん》とした口調で言った。

「夫が戻ったら話し合おうと思っていたところです。そのお医者さんが連邦大学にいる間に、あらためて三人でお話を聞きに行くつもりでした」

「手術のできる医師が限られているのですか？」

思わず問い返して、ヴァンツァーは自分の発した言葉の意味に気がついた。義眼交換手術はそれほど特殊な技術を要する手術ではないはずだ。

「ということは……もしかしてビアンカ自身の眼が見えるようになる手術なんですか？」

「ええ、そうなんです」

ブリジットは力強く頷いた。興奮のせいか両手をぎゅっと握り締めている。

「本当に、天にも昇る気持ちでした。でも、そんな手段があるなら、どうしてもっと早く言ってくれなかったのかと思います。かかりつけのお医者さんのお話ではとても画期的な難しい手術で、この手術ができるお医者さんは共和宇宙全域を探してもほんの数人しかいないそうです」

「その一人が連邦大学にいるのですね」

「はい。マレル市の総合病院に一ヶ月先まで。他のお医者さんの指導に当たるためにいらしたそうです。難しい患者さんは自分で手術して他のお医者さんに見学させているんだとか。ビアンカの手術も珍しい症例だからぜひ公開手術にしたいとのお話でした」

ここでブリジットは先程の疑問に戻った。

「さっきの車がわたしの車を狙っていたとしても、去年の犯人のはずがありませんよ。お医者さんには守秘義務があるし、第一、肝心《かんじん》のビアンカが手術を受けるとも言っていないんですから。見えるようになるかどうかなんて、まだ誰にもわからないのに」

　常識的に考えればブリジットの言い分が正しいが、ヴァンツァーにも譲れない理由がある。

　甚だ困った理由ではあるが、今回の推理の根拠になった占いはまず外れないのだ。

　若い女性特有の甲高い声が聞こえた。

　見れば、ビアンカの周りを同じ年頃の少女たちが取り巻いてはしゃいでいる。

　全部で四人。幾人かはビアンカの知り合いなのか、屈託《くったく》のない笑顔で話しかけている。

「久しぶりね！」

「元気そうじゃない！」

「あたしたちのことわかる？」

　ビアンカは座ったまま、彼女たちのほうを向いて、落ち着いた声で言った。

「ミンナとアルベルタ。それに——ジョスリンね。もう一人は誰？」

　最後の一人はビアンカと面識がなかったようで、おずおずと話しかけた。

「トリシャ・ディケイヴよ」

　ビアンカが怪訝な顔になった。

　彼女たちの話を聞いていたブリジットもだ。

　ヴァンツァーにはその理由がわからなかったが、トリシャが自分でしゃべってくれた。

「エメット・ディケイヴはあたしのお父さんなの。今度、あなたの眼を手術するんだってね」

　ブリジットの顔色がさっと変わった。ビアンカも呆気に取られた顔になったが、少女たちはそれには気づかない。既にビアンカの眼が見えるようになるものと決めつけ、浮かれた様子で口々に言っている。

「本当におめでとう！」

「手術いつなの？」

「見えるようになったらまた遊びに行こうよ」

　ヴァンツァーは足音も立てずに少女たちに近寄り、冷ややかな声を掛けていた。

「失礼だが」

お世辞にも好意的な声ではなかったので、四人は訝しそうに振り返ったが、ヴァンツァーを見た途端、全員がまったく同じ反応を示した。歓声を呑み込み、金縛りにあったように立ちつくしたのである。

声を出すことも忘れて、抜群の美貌にうっとりと見惚れているが、ヴァンツァーは他の三人には眼もくれなかった。冷たい表情でトリシャを見て言った。

「きみはそれを父親から聞いたのか」

トリシャは慌てて我に返ったものの、言葉が出てこないらしい。もごもご口籠もっているだけだ。

「父親から聞いたのなら、きみの父親は守秘義務を怠《おこた》ったことになる。重大な違反だぞ」

こんなに美しい少年から詰問される羽目になったトリシャは半分泣きそうな顔になっている。

他の少女たちが、トリシャをかばうというよりはヴァンツァーと話したくていっせいに口を開いた。

「あ、あたしたち、ただ、よかったねって」

「そう！　たまたまビアンカを見かけたから」

「いつ手術なのかなって」

「そこまで載ってなかったから」

「そしたらトリシャがあたしのお父さんだって」

「すごい偶然だよね」

三人がいっぺんに話すので聞き取りにくかったが、つまりは情報化された日記で知ったというのである。

「何という日記だ？」

「ジャービス・リズムの個人的なものだけど……」

それを聞いて、座っているビアンカが言った。

「自称・あたしの熱烈なファンよ。——あの日記、まだやってたんだ」

「その日記の番地《アドレス》は？」

少女たちから日記の番地《アドレス》を聞いて覗いてみると、冒頭にでかでかと最新の話題《トピックス》が載っていた。

「我らのビアンカが戻ってくる！　視力回復手術の成功率は？　ディケイヴ医師の神の手に期待大！」

ふざけた文体だが、困ったことに真実だ。

ヴァンツァーは四人の少女に丁重にお引き取りを願って、ブリジットとともに席に座ったのである。

日記を見たブリジットが茫然と呟いた。

「信じられない……どこで知ったのかしら」

「本人に訊くしかありませんね」

だが、おかげではっきりしたこともある。

「ブリジット。残念ですが、先程のわたしの主張が間違っていなかったことが証明されたようです」

ビアンカはきょとんとしていた。

ヴァンツァーはそんな彼女に手短に事情を説明し、ビアンカは大きな驚きに息を呑んだのである。

「さっきの車が……去年あたしを轢いた犯人？」

「もしくはその手先だ。そう考えれば合点がいく。犯人はこの日記を見てビアンカの眼が見えるようになる可能性を知り、阻止するために行動を起こした。信じがたいことだが、殺害という手段を取ってでもビアンカの口を封じようとしたんだ。ブリジットと俺も一緒に」

ブリジットが身震いする。

「思ってもみなかったわ。ああいう道では若い人によく競走《レース》を挑《いど》まれるから、それだとばかり……」

「あなたが運転席に座っていてくれて運がよかった。おかげでわたしも命拾いしました」

「でも、ちょっと待って。おかしくない？」

ビアンカは眉をひそめている。

「そりゃあ、轢き逃げは重罪よ。おまけにあたしは失明したわ。正直、犯人を殺してやりたいと思ったこともあるけど、それはあたしが考えることでしょ。あたしが奴を殺してやりたいと思うのはわかるわよ。だけど、なんだってあたしを轢いた奴が、わざわざあたしを殺そうとするわけ？」

「もっともな疑問だ」

頷いて、ヴァンツァーは私見を述べた。

「可能性があるとすれば、恐らくこの犯人は社会的地位のある人物なんだろう。轢き逃げという汚点を隠し通さなくてはと思い込み、そのためには殺人もいとわない。馬鹿げた判断だが、世の中にはそんなふうに考える種類の人間もいる」

「いいえ、待って。やっぱり変よ！　あたし犯人の顔なんか見てないのに！」

「見てないのか？」

「見てれば警察に言ってるわ」

「向こうが見られたと思っている可能性は？」

「……ないと思う。後ろから急に来たから」

「後ろから？」

ビアンカにとっては思い出したくない出来事でも、ヴァンツァーには聞き流しにできない事実だった。

「犯人の手がかりは本当に何もないのか」

ブリジットが代わりに答えた。

「三日後に、車だけは海の中から発見されたんです。運転手は見つからなくて、車はレンタカーでした」

レンタカーなら借りた人間の記録が残る。

ところが、免許証に記載された名前の主はその日、この惑星にいなかったことが後の捜査で判明した。

偽造された免許証だったのだ。

「人の名前を勝手に使って、正規に見える免許証を偽造して、闇で高く売る商売があるんだそうです」

車好きのブリジットは怒りに頬を染めていた。

「偽造免許だなんて！　それだけでも許せないのに、ビアンカを撥ねるなんて……」

「そういうものを使っていたということは、犯人はまともな手合いではなさそうですね」

ビアンカが頷いた。

「警察もそう考えてたわ。逃亡中の犯罪者か何かで、あたしを撥ねた後、勢い余って運転を失敗《ミス》して海に転落したんだろうって」

確かに、一応の筋は通っているように聞こえるが、ヴァンツァーはとてもその説には頷けなかった。

頷くには、暗殺者として長年培ってきた彼の勘とあの占いが邪魔をする。

「ビアンカ」

「何？」

「無神経な質問をする。ビアンカが光を失った日の行動を詳しく話してくれないか」

息を呑んだのはブリジットのほうだ。

ビアンカは見えない眼をヴァンツァーに向けて、真面目な顔で言ってきた。

「単なる好奇心で言ってるんじゃないよね。それはわかるけど……。どうしてなのか理由を聞かせて」

「もしかしたら、轢き逃げ以上の何かがあるのかもしれないからだ」

母娘はますます理解できない顔になった。

「轢き逃げという犯罪は突発的なものだ。あくまで偶然、人を撥ねてしまい、通報せずに逃げることだ。しかし、去年の事故が偶然ではなかったら、故意にビアンカを狙って撥ねたのだとしたら……」

彼女たちには想像もできない話だろう。妊婦には聞かせたくない話でもあるが、それでもこれだけは理解してもらわなくてはならなかった。

「それ自体が『口封じ』だった可能性がある」

「ど、どういうこと？」

「犯人はリズムの日記を見て行動に出た。つまり、ビアンカの眼が見えるようになっては困るわけだ」

「だからあたしは犯人の顔は見てないって！」

「他のものを見たのかもしれない」

「他のって……何⁉」

「わからない。現時点では俺にも見当がつかないが、一つだけ確かなことがある。この犯人にとって眼の見えないビアンカなら生きていても何も問題はない。ただし、視力を取り戻されるのは死活問題なんだ」

「…………」

「ジャービス・リズムはビアンカの熱狂的なファンなんだろう。調べればわかることだが、ビアンカが失明したことも、去年、日記に載せたんじゃないか。これは俺の推測だが、犯人はやはりその記事を見て手を引いたのかもしれない。殺し損なったものの、何も見えないなら生かしておいても大丈夫だろうと。もしビアンカの眼が無事だったら今日やろうとしたことを去年のうちにやっていただろう」

ビアンカは大きく息を吸い込み、かすかに震える声で言った。

「あの轢き逃げは、最初からあたしを殺そうとしてやったって言うの?」

「そう考えれば辻褄《つじつま》が合うと言っている」

「…………」

「犯人はビアンカが視力を取り戻したら終わりだと思っている。それを阻止するためには今日のような物騒な手段も使ってくる。そこまでしてビアンカの口を塞《ふさ》がなければならない理由があるんだ。それが何なのかを早急に突き止めなくては、きみが危険だ。ブリジットもだ」

母と娘は愕然《がくぜん》としていた。

しかし、彼女たちはこんな時普通なら誰もが言いそうな言葉——考え過ぎとも、ドラマの見過ぎとも、推理小説の読み過ぎとも、そんなのは全部あなたの空想でしょう——とも言わなかった。


ビアンカが真剣に過去の記憶を探る顔になる。

「あの日は……クウォーク州まで行ったの。そこで撥ねられたのよ。最初は男の子と一緒に行ったけど、喧嘩して別れて、それから一人で買い物に行って、その時よ……本当にいきなり撥ね飛ばされた」

ブリジットが青ざめた顔で言う。

「場所を変えましょう。もっと落ち着いたところで話したほうがよさそうね。——ヴァンツァー。もうこんな時間だし、うちの客間でよかったら泊まっていってもらえないかしら。女二人では心細くて」

「今それをお願いしようと思っていたところです」

生真面目に答えたヴァンツァーだった。

犯人がビアンカの命を狙っているとしたら、家も危険だが、そんなことは彼女たちには言わない。

「ご迷惑をお掛けしますが、お世話になります」

「とんでもない。あなたがいてくれたら心強いわ」

ビアンカがわざと疑わしげな顔になり、ちょっと茶目っ気を発揮して言う。

「でも、ママ。この子、妖艶な美少年なんでしょ。悪者が乗り込んできた時に役に立つかな？」

　正直なところ、来てくれれば大いに助かるのだが、ヴァンツァーは微笑するだけで答えなかった。


　駅でだいぶ時間を潰《つぶ》したので、ローリンソン家に戻った時は既に深夜に近い時間になっていた。

　ブリジットは真っ先にヴァンツァーに入浴を勧め、着替えまで用意してくれた。

「夫のものだから寸法が合わないでしょうけど」

　ローリンソン氏はあまり大きな人でも細い人でもないようで、ジャージの上はともかく、ズボン丈がかなり短く、ウェストもだいぶ緩いが、ありがたく借りておくことにした。

　ざっと身体を洗い流して、ウェストを紐で絞ってヴァンツァーが浴室から出る。

　入れ替わりにビアンカが浴室に向かった。

　その前に、ビアンカは当時使っていた情報端末を居間まで持ってきて、ヴァンツァーに貸してくれた。

「日記代わりに週末の予定なんか書き込んでたから。開いてみて。何か書いてあるかもしれない」

「俺が見てもいいのか」

「その日の分だけならね。自分でも何を書いたのかもう覚えてないの。音声対応にはなってないから、ちょっと読んでみてくれる？」

　しかし、問題の日付には『ディックとデート』とあるだけだったので、ヴァンツァーはそれを読んで、呆れたように呟いた。

「簡素な日記だな」

「そうでもないわ。——ディックだったんだ、あれ。あの頃は週末ごとに違う男の子とデートしてたのよ。誰だったかなんて忘れてた」

「薄情な彼女だ」

「あたしもそう思う」

　ビアンカが居間を出ていった後、ヴァンツァーはブリジットと一緒に去年のその日にクウォーク州で起こった大きな事件を選び出し始めた。

ブリジットはまだ青い顔をしている。

「あなたの考えではこの日にビアンカが何かを見て、そのために轢き逃げされたというのね。——犯人はビアンカを殺してでも口を塞ぐつもりだったと」

「そこまでして隠したい犯罪は限られます」

ビアンカの足取りを追って当時の報道と重ねれば、手がかりになるはずだった。

本当は今すぐあの占い師に連絡したいところだが、既に貴重な手がかりをもらっている。

鍵は彼女が光を失った日——。

自分はその彼女に話を聞くことができるのだから、ここは自分がやらなければならない。

ビアンカがさっぱりして居間に戻ってきた。

彼女もジャージを着ている。最後にブリジットが汗を流し、化粧もすっかり落として、部屋着を着て戻ってきた。

夜更かしは妊婦の大敵だが、ブリジットは断じて先に休むつもりはなかったらしい。本格的に当日のビアンカの足取りを検証する作業に入った。

ビアンカも最後に光を見た日のことを——そして忌まわしい事故に遭った日のことをなるべく冷静に思い出そうとしている。

「家を出たのは八時半頃だったと思う。まず市内の絵画展に寄ったの。絵はろくに見なかったけど」

「絵画展で絵を見なかったのか？」

「研究課題の一つでね、名前は忘れちゃったけど、その人マレル市出身の画家で、それを見て小論文《レポート》を書かなきゃいけなかったの。全然興味なかったから会場を一回りして図録《パンフレット》だけ買ってすぐに出たわ。図録があれば後で論文なんかいくらでも書けるから。その後はディックの車でクウォーク州のソリュース岬までドライヴしたの」

「どの道を通ったかわかるか？」

「ええと……あたし、あんまり道に詳しくないのよ。ママなら絶対忘れないのにね、確か……メレーナス通りを走って……」

ブリジットが地図を表示させる。

「そこからソリュース岬に行ったならブライトンを通ってるわね。途中どこにも寄らなかった？」

「一度、休憩したわ」

「どんな処？」

ビアンカは記憶だけを頼りに懸命《けんめい》に当日の自分の行動をなぞっている。

ヴァンツァーは地名が出てくるたびに、去年その場所で何か異変は起きていなかったかを調べていた。

「岬を回って、灯台の下のレストランで昼食にして、また車に乗って丘陵地域まで行ったの。そこで彼と喧嘩になって、むしゃくしゃして車から降りたら、彼も勝手にしろって怒って一人で行っちゃったのよ。あたしは頭を冷やすつもりで、少し歩いてから無人タクシーを拾うつもりだった」

「そこはまだ丘陵地帯？」

「う〜ん。どうかな。一応は住宅街っぽかったけど。街路樹も植わってて、歩道もあったけど、家と家の距離がすっごく開いてるの。昼なのに人通りが全然なくて、いやなところで降りちゃったと思ったわ」

ブリジットが地図を表示させる。

「ソリュース岬から近い丘陵で住宅地でもあるのはこの辺《あた》りかしらね。ダーモット・ヒル」

ヴァンツァーが訊く。

「その後は？」

「無人タクシーを拾って、もともと行く予定だった海岸沿いのアウトレットモールへ買い物に行ったわ。欲しいワンピースがあったの。本当は彼に買わせるつもりだったんだけど、自分で払って、そうしたらお金が足らなくなっちゃって……タクシーはやめてバスで帰ろうと思って大通りまで出て歩き始めた。後は……さっき言ったとおりよ。後ろからいきなり撥ねられて、何が何だかわからなかった」

ビアンカは苦い記憶に顔をこわばらせて、きつく唇を噛《か》み締めていたが、その唇が急に緩んだ。

「あ」

「どうした?」

「ううん。たいしたことじゃないんだけど、最初にあなたとぶつかった時、あたし、どこ見てるのって言ったでしょう。同じことを言ったなと思ったのよ。すごい勢いで人にぶつかったの」

「そのモールで?」

「いいえ、その前。ディックと別れてダーモット・ヒルを歩いている時」

「誰に?」

「知らない人よ。家の前だった」

「どんな家だ?」

「え〜っと、大きな家で、芝生《しばふ》があったくらいしか覚えてないな。とにかくもう出合い頭で。その人が家からものすごい勢いで飛び出してきたもんだから。あたしは思いっきり撥ね飛ばされて、鞄《かばん》の中身全部ぶちまけちゃって、転んだ拍子に膝《ひざ》まですりむいた。なのにその人、落とした荷物を拾ってもくれないでさっさと行っちゃったのよ。腹が立って腹が立って、膝からは血が出てるし、さんざんだって思いながら、痛いのを我慢して歩き始めたのを覚えてる」

ヴァンツァーは貸してもらった情報端末を操作し、低く唸《うな》った。

「当たりのようだぞ」

「えっ?」

ブリジットが驚きの声を上げる。ヴァンツァーは端末画面をブリジットに見せた。

昨年のクウォーク州の報道記事である。

『白昼のダーモット・ヒルで惨殺《ざんさつ》事件』

被害者はロス・ダウナー三十八歳と妻のアリス・ダウナー三十三歳。子どもはなく、近所でも評判の仲のいい夫婦だったという。

二人がめった刺しの無惨《むざん》な遺体で発見されたのはまさにビアンカが轢き逃げに遭った日だ。

二人の死亡推定時刻は午後二時から三時頃。

目撃者はなかった。当日は近くで村祭りが行われ、住人はほとんどその祭りに参加していたのである。

　ダウナー夫妻は祭りに参加せずに家に残っており、戻ってきた隣人が夕方、家を訪ねて事件が発覚した。

　記事には夫妻の顔写真とダウナー邸の写真が掲載されていた。夫婦ともに整った顔立ちで、特に妻のアリスは清楚《せいそ》な美人だ。ダウナー邸は大きな平屋で、前庭には全面きれいな芝生が植えられている。

　ブリジットは息を呑み、震える声で言った。

「ビアンカ、その人が飛び出してきた家って……、茶色の煉瓦《れんが》造りだった？」

「覚えてない。立派な家だったとは思うけど」

「芝生があったのは確かなのね？」

「ママ、どうしたの？」

　代わりにヴァンツァーが静かに言った。

「きみは偶然にも殺人事件の犯人を目撃したんだ。恐らく、ビアンカを轢いたのもその犯人だ」

　記事の内容をヴァンツァーが読み上げてやると、ビアンカも絶句した。

　しばらく放心状態だったが、やっとのことで声を絞り出した。

「嘘でしょ……。あの人が殺人犯？」

「ビアンカが無人タクシーに乗ってからずっと尾行していたんだろう」

　ブリジットが理解に苦しむ表情で首を振っている。

「何てことでしょう……。一年も、警察はどうしてこれに気がつかなかったのかしら」

「距離が離れていたのが不運でした」

　ダウナー邸の近くで轢き逃げがあれば関連づけて考えたかもしれないが、ダーモット・ヒルと問題のアウトレットモールは十キロは離れている。だから、警察はダウナー夫妻の事件とビアンカの轢き逃げを結びつけて考えはしなかった。

　そして眼の見えなくなったビアンカもクウォーク州の報道など耳にする機会がなかったのだ。

　そのビアンカは殺人犯人と遭遇《そうぐう》したという事実をまだ受け入れがたいのか、疑惑の口調で言ってきた。

「待ってよ。そんなに簡単に決めつけないで。あの人は家の中で二人が殺されているのを見て、驚いて飛び出してきたのかもしれないじゃない」

「その場合、異常な現場から逃れて、生きた人間に会った人の当然の心理として、『人が死んでる！』『警察を呼んでくれ』くらいは言うだろう」

「…………」

「公式な第一発見者は隣家の住人で、発見したのは夕方の五時過ぎだ。時間が空きすぎている」

「…………」

「可能性の一つとして、ビアンカが見たのは事件の本当の第一発見者で、関わり合いになるのを恐れて逃げたのだという仮説もわずかながらに成り立つが、この考えは現実的とは言えない。その直後に、偽造免許証で借りられた車にビアンカが撥ねられている事実を鑑《かんが》みても犯人だったと判断すべきだ」

「…………」

「その人物の人相はわかるか？」

「無理！　覚えてるのは男の人だってことくらいよ。あんまり若くない中年の人だったと思うけど……」

「しかし、向こうはビアンカに人相を特定されたと思い込んでいる」

ヴァンツァーはブリジットに向かって言った。

「朝になったら警察に連絡してください。ダウナー夫妻殺人事件の目撃者が家にいると」

ビアンカがすかさず否定する。

「今は見えないんだから目撃者じゃないわ」

「れっきとした目撃者だ。きみは現場近くで犯人と出くわしているんだぞ。二度もきみを殺そうとした犯人のほうがそう思っているのは間違いない」

ビアンカは肩を怒らせて叫んだ。

「だって、顔なんか全然覚えてないのに！　去年もあたしを殺そうとして——今日もまた？」

「そうだ。犯人を捕まえないといつまでも狙われる。——この犯人はビアンカが手術を躊躇っているのを知らないんだからな。なお悪いことに、去年の美人ブリジットが二人を交互に見て、立ち上がった。

「さて、わたしはもう休みます。お胎の赤ちゃんが夜更かしになりますからね」

後はごゆっくり——とでも言いたげな態度である。

ブリジットが二階の寝室へ上がるのを見送って、ヴァンツァーはずばりと切り出した。

「何を躊躇っている？」

ビアンカは激しく身震いして自分で自分の両腕を抱きしめて小さくなった。

「事故だと思ってたのよ……」

「去年のことか？」

「あたし、あんなに恐い思いをしたことはなかった。一瞬で真っ暗になって、何もわからなくなって……これでもう死ぬんだと思った。事故だと思ってた。それなのに、本当にあたしを殺そうとしてたなんて。今も犯人に狙われているなんて……恐くないほうがどうかしてるわ」

ほんのちょっぴり反省したヴァンツァーだった。

競技会《コンテスト》やリズムの日記によって、犯人はビアンカの素姓を知っていると考えるのが妥当《だとう》だ。それこそ、個人的な日記でも始めて視力回復手術を受けるのは止めたとでも書かない限り、この犯人は諦めない」

ビアンカは絶望的な表情で胸を波打たせている。

ブリジットは心配そうにビアンカを窺《うかが》っているが、ヴァンツァーを止めたりはしなかった。

むしろ、応援するような眼を向けてきた。

彼女が抱えているものを洗いざらい吐き出させてしまったほうがいいのは明らかだったからである。

ヴァンツァーはさりげなく言ってみた。

「犯人の顔を覚えていなくても、眼の手術を受けて、実際に現場に戻って見れば、新しい発見があるかもしれないぞ」

「——成功すればでしょ」

「そうだ」

ビアンカは答えなかった。

ヴァンツァーも黙っていた。

普通の人間にとって命を狙われるという事実が、それほどまでに重く心にのしかかるものなのだと、初めて学んだ気がしたからだ。

「ビアンカ。さっきも言ったが、このまま見えない状態でいるのは却って危険だ」

「わかってる……」

「では、何故だ?」

弱々しく微笑んで、ビアンカは言った。

「あなたは女心なんてちっとも理解してくれそうにないけど、馬鹿にしないで聞いてくれる?」

「努力はしよう」

我ながら素っ気ない言い方だが、ビアンカは気を悪くはしなかった。恐る恐る右の額に手をやった。

「……これを見たくないの」

その気持ちはわかるとは言わない。

そんなことくらいでとも言わない。

ヴァンツァーはその傷を醜いとは思わなかったが、それも黙っていた。代わりにこう言った。

「ビアンカが見たくないというなら、それは確かに一つの不利益《デメリット》には違いないと思うが、それだけか。もう一度見てみたいと思うものは何もないのか?」

「馬鹿言わないで。山ほどあるわよ」

血相を変えてビアンカは言った。

「一番見たいのはね、あたしが『ママ』って呼んだ時のママの顔。見えている時は一度も呼んだことがないんだもの。――あなたの顔もよ。見てみたいとすごく思ってる。いくら聞いても妖艶な美少年って、どうしてもイメージできないのよ」

「その価値《メリット》は不利益《デメリット》には勝《まさ》らないのか」

「違う、そうじゃない……」

ビアンカは絶望的な表情で首を振った。

「誰かが――お医者さんが、この手術は絶対に成功するって約束してくれても、あたしは信じられない。安心できないのよ」

「…………」

「眼が見えなくなって……たいていのことは平気に

なったと思ってたけど、恐いことがまだあったのね。見えるようになるかもしれない。だけど、やっぱり駄目かもしれない……それが恐いの」

失敗するのが恐い。期待を与えられてまた絶望に突き落とされるのが耐えられない。

自分でも意気地がないのはわかっているのだろう。ビアンカは目尻に涙をにじませていた。

ヴァンツァーは女の子に泣かれるのは大嫌いだが（はっきり言えば面倒くさくてかなわないが）この涙には少しも嫌悪感を覚えなかった。面倒くささも感じなかった。それどころか好ましいとすら思った。

「ビアンカ。俺には誰かを力づけることはできない。それ以前に、そもそも人を励《はげ》ますような資格はない。だから、これは個人的な見解であり、希望でもある。ビアンカに視力を取り戻してもらいたい」

ビアンカは涙の滲《にじ》んだ顔で微笑してみせた。

「あなたって、本当のことしか言わないのね」

意外な言葉にヴァンツァーはちょっと面食らって、うっすらと微笑した。

「女の子にそんなことを言われるのは初めてだな」

「今、微笑した？」

「ああ」

「見えるようになって、あたしが美少年のあなたにころりと参ったらどうする？」

「非常に残念だ」

とことん真顔でヴァンツァーは言い、ビアンカは涙の滲んだ顔で吹き出した。

「……手術受けるわ」

3

翌日、ブリジットは朝から大忙しだった。

まずはクウォーク州警察である。

ダウナー夫妻殺人事件の担当者を出してもらい、詳しい事情を説明した。一方、マレル総合病院にも連絡して、視力回復手術を受ける決意を告げた。

どちらも大いに乗り気になった。

クウォーク州警察はマレル総合病院とも相談して、この日のうちにビアンカを入院させることにした。

ビアンカ自身は覚えていないと言っても、彼女の視力の回復が事件の解決につながるのは間違いない。

その理由を担当者の警部はこう説明した。

「金品が取られていたこと、ダウナー夫妻には人に恨《うら》まれる理由がないこと、あまりに残忍な手口などから、我々は当初、強盗の線で捜査していましたが、無差別犯が目撃者をそこまで気にして排除しようとするとは思えません。顔を知られたくない、つまり犯人は夫妻と交友関係のあった人物である可能性が非常に高くなるんです」

要するにダウナー夫妻と交友関係があった人々の写真を一目ビアンカに見てもらえさえすれば、この事件が解決するかもしれないのだ。

並々ならぬ期待を注がれたビアンカは恐縮して、

あたし本当に顔は覚えていないんですと、そんなに期待されても困りますと弁明したが、州警察にしてみれば発生から一年が過ぎて手詰まりだった事件の、貴重な手がかりである。

一刻も早く手術を受けてもらう必要があった。

病院側にとってもこの手術は早いほうが望ましい。

そんなこんなで手続きが済み、手術は二週間後の土曜日と決まったのである。

ヴァンツァーはこれらのことをブリジットからの

連絡で知った。手術当日は必ず伺いますと約束した彼はその日、マレル総合病院を訪れた。

一人ではない。レティシアを伴っていた。

病院に着くと、ヴァンツァーとレティシアはまず面会手続きを済ませた。

病棟には関係者以外は入れないからである。

病室のある五階で降りると、昇降機横の長椅子に病人には見えない厳《いか》つい男が座っていた。

私服ではあるが、明らかに警察官である。

クウォーク州警察は、今日までビアンカの警備を怠りなくやってくれていたらしい。

ビアンカが証言する前に殺されてしまったのでは元も子もないのだ。

ヴァンツァーとレティシアは病室を訪ねる前に、ざっと五階の様子を見て回った。

レティシアが言う。

「今んとこ、怪《あや》しい気配はないみたいだな。警察が張り付いてることに気づいてるのかね」

「今日中に何とかしなくてはならんはずだ。犯人はビアンカに見られることをいやがっている」

「そいつが殺された夫婦の知り合いだから、身元を特定されるのを警戒してる。一応の筋は通ってるが、それだけじゃねえな」

「ああ。この犯人は、自分の顔を見られたら身元を知られて当然と思っている。つまりは——」

「人に顔と名前を覚えられる商売をしている」

ヴァンツァーもレティシアも人殺しの達人である。

警察で用いる行動分析のように、犯人像も犯人の心理も容易に摑める。

「ただ、疑問も残る。そんな有名人ならビアンカも気がつきそうなものだが……」

「わかんねえぜ。彼女は十代だろ。十代にとっての有名人と四十代にとっての有名人はまったく別だ」

「そうだな。恐らくその線だろう。襲ってきたやり口を見ても金は持っている」

「おふくろさんとおまえも一緒くたに片づけようと

するくらいだ。計画性がなくて大雑把だよな」

「目的達成のためには手段は問わないのだとしたら、妙に偏執的でもある」

だからこそ、ヴァンツァーは今日ここに来たのだ。レティシアにとっては他人事《ひとごと》だが、彼は彼なりにこの状況をおもしろがっているらしい。

「そんな奴が次に何をしてくるかねえ……」

「見当もつかないな」

彼らは殺しの達人ではあるが、達人であるが故に、素人の手口にはあまり詳しくない。素人だからこそ、目撃者を車で轢き殺そうとしたりするのだ。

「けどよ。爆弾の類《たぐい》だったらどうする？　俺らには解除は無理だぜ」

「それは警察が阻止《チェック》するだろう」

「逆に、警察が張り付いてるから彼女は安全だとは思わないわけ？」

ヴァンツァーは少し沈黙して言った。

「あの占い屋が言うには、ビアンカの運命は俺次第なんだそうだ」

「ふうん？」

ざっと様子を見て取ると、二人はいったん別れ、ヴァンツァーはビアンカの病室に向かった。

ローリンソン母娘と面識のないレティシアは顔を出したりしない。引き続き院内の警戒である。

いかにも怪しい人物なら警察も気がつくだろうが一見とてもまともそうな人間が実は犯人だった――もしくは犯人の手先だったという例も多い。

ヴァンツァーはそれを警戒して、今日はわざわざレティシアにも来てもらったのだ。

彼は（自分もだが）その相手が子どもだろうが、優しそうな老婦人だろうが決して騙されはしない。

ビアンカの病室は個室で、明るく清潔な雰囲気で、ブリジットが持ち込んだ花で飾られていた。

今も花を生けていたブリジットはヴァンツァーを喜んで迎えてくれた。

「まあ、ヴァンツァー。よく来てくれたわね」

「ブリジット。――今日はご主人は？」

「それが今日も仕事なの」

「こんな日にですか？」

「ええ、夫も上司にそう言って抗議したらしいわ。今日は何が何でも早く片づけて飛んでくるそうよ」

「無理しなくていいってパパには言ったんだけどね。この病院にすっかり詳しくなっちゃった」

ビアンカも元気そうだった。

身体は何ともないのに二週間も入院しているので、暇をもてあましているのだろう。

本当はこんなに長く入院する必要はないのだが、何と言っても今は命を狙われている。

眼の見えないビアンカが自宅にいるのは危険だし、病院なら人の出入りも確認《チェック》できる、警備にも都合がいいという理由で病院暮らしをしていたのである。

手術が始まるまで、まだ少し時間がある。

ヴァンツァーは母娘に引き留められて、しばらく病室で談笑していた。

その間に看護師が何人か病室に様子を見に来た。

清掃員も入ったが、老いも若きもヴァンツァーにすっかり見惚れて、かすれた上擦《うわず》った声を出すので、彼女たちが出て行った後、ビアンカは呆れて言った。

「ヴァンツァー、ほんとにすごいわ。ミンナたちも発情期の猫みたいな声を出してたりど……。年齢は関係なし？」

「俺には非常に迷惑な話だ」

「そうみたいね。向こうの声はとろけそうなのに、あなたの声は氷点下だもん。うちのママがどれだけ例外かってことがよくわかる」

すると、ブリジットが笑って言った。

「あら、わたしだってきれいな男の子は大好きよ。ヴァンツァーは特に見応えがあるもの。そこにいてくれるだけで楽しいし、気持ちが浮き浮きするわ」

ビアンカがその感想を聞いて真面目に言う。

「ママみたいな浮き浮きは案外胎教にいいかもよ。お花を眺《なが》めてるのと同じ感覚なのね」

ヴァンツァーも小さく笑って言った。

「そういう用途に自分が役立つとは思わなかった」

ビアンカが半ば冗談、半ば真顔で提案してくる。

「そんなにもてるならホストになってみるのはどう。あなたがどんなに無愛想でも、多分女の人のほうが勝手に熱をあげてくれるわよ」

多分ではない。確実にそうなる。既に身をもってそれを知っているヴァンツァーは無情に言い返した。

「女性にちやほやされるのを楽しいと思える神経が俺にあるなら、その道を選んでもいいんだがな」

「……同級生の男の子に、あなた時々、恨まれたり妬《ねた》まれたり『死ね』とか言われたりしない？」

「最近はない。皆、諦めたらしい」

また扉が開いて、男性医師が入って来た。

「やあ、ビアンカ。具合はどうだい。待たせたけど、もうじき手術だからね」

この人はハーディング医師。ビアンカの主治医だ。

手術はディケイヴ医師の担当だが、普段の診察はこの人が担当している。

ところがハーディング医師もヴァンツァーに眼を見張り、呆れたような感心したような声を洩らし、羨望《せんぼう》さえ感じさせる口調でビアンカに言った。

「きみの彼氏？　恰好いいね」

診察を終えたハーディング医師が病室を出た後、ビアンカは恐る恐るヴァンツァーに問いかけた。

「……あなた、男の人にももてるの？」

「遺憾《いかん》ながら」

ヴァンツァーの端末が音を立てた。

この病棟は携帯端末の使用が許可されている。

レティシアからだった。二人に断って病室を出て応対すると、彼は短く言ってきた。

「見るからに怪しいのがそっちへ行ったぜ」

ヴァンツァーは片方の眉をちょっと吊り上げた。

『ほのかに怪しい』か『疑わしい』ならともかく、

「そんなものを警察が通したのか？」

「見たとこ、本物の医者だもんよ」

驚いて振り返る。四十代に見える白衣を着た男がせかせかした足取りでやってくるところだった。

猫のような足取りのレティシアがその後ろにいる。骨柄といい雰囲気といい、本物の医者に見えるが、何故レティシアが見るからに怪しいと言ったのか、それはこの医者の表情が雄弁に物語っていた。

皮膚《ひふ》から血の気が残らず失せ、眼にはありありと恐怖を宿し、頬は激しい衝撃に引きつっている。

無理やり動揺を抑え込もうとしているようだが、お世辞にも成功しているとは言えない。心に何かが重くのしかかって、今にも壊れそうな人の顔だ。

医師はヴァンツァーには一瞥もくれずに無造作にビアンカの病室に入ったが、扉は閉めなかったので、ブリジットの声が廊下まで聞こえた。

「ディケイヴ先生。今日はよろしくお願いします」

してみるとこれが奇跡の技術の持ち主らしい。

明らかに様子のおかしい医師にブリジットが何も言わないところからすると、普段から言動が突飛な人物なのかもしれなかった。

レティシアは廊下で耳をそばだてる姿勢になり、ヴァンツァーは病室に入って行って声を掛けた。

「ディケイヴ先生。ビアンカの友人のファロットと申します。先日、お嬢さんにお目に掛かりました」

当てずっぽうで言ってみたら、ディケイヴ医師の顔色がさっと変わった。わかりやすい反応である。

たった一言でこの医師の悩乱の原因も摑めたが、ヴァンツァーは何食わぬ顔で話を続けた。

「ビアンカが現在、非常に複雑な状況にあることは先生もご存じかと思います」

「ああ、もちろん聞いているよ。まさか殺人事件の目撃者だったとは……」

「ですから、個人情報の保護は厳重にお願いします。二度と外部の日記に書かれたりせぬように」

「ああ、あれはまったく申し訳ないことをしたよ。医療事務の職員があの日記の主の叔母だったんだ。事務員といえども患者の症状を外部に洩らすなど、とんでもない。甥っ子がビアンカの大ファンなのを知っていて、眼が見えるようになるかもしれないという知らせは嬉しいもので悪い内容ではないからと、深く考えもせずに口をすべらせたらしい。まったくけしからんことだ」

ろくにこちらを見もせずに早口でしゃべる。

「では、支度があるので、失礼するよ」

ディケイヴ医師は来た時と同じようにせかせかと病室を出て行き、ヴァンツァーも廊下に出た。

レティシアとちらっと見交わして、二人は無言でディケイヴ医師の跡を追ったのである。

医師は関係者以外立ち入り禁止区域に入っていき、二人も見咎《みとが》められないように、そっと忍び込んだ。

入ったところは長い廊下になっていた。病棟とは打って変わって人気がないのが好都合だった。

「ディケイヴ先生」

ヴァンツァーが声を掛けると、振り返った医師は高校生のような二人連れに眼を見張った。

「ここで何をしている？　立ち入り禁止だぞ」

「娘さんはどうしました？」

医師の顔に凄まじい恐怖と苦悩が広がった。

「ビアンカを狙っている犯人に拉致《らち》されましたか」

医師の表情には絶望感まで加わった。

答えを口にしているのと変わらないが、彼はそう簡単に屈しようとはしなかった。

「何のことかな。わからんよ」

「では、今この病院には警察官が何人もいますから、彼らに言いましょう」

医師の口が悲鳴の形に開き、かろうじて声を呑む。

レティシアがからかうように言った。

「今さら隠すなよ。顔に書いてあるぜ。娘を人質に取られたってな」

ヴァンツァーも敬語を使うのを放棄《ほうき》して、厳しく追及したのである。

「犯人に何を要求された。まさか金ではないだろう。わざと手術を失敗しろとでも言われたか」

「警察には言えんのだ！　決して知らせるなと奴に念を押された。もし一言でもしゃべったら……！」

「見てわからないか。俺たちは警察じゃない」

医師はようやくヴァンツァーに気づいたようで、食い入るように白皙の美貌を見つめてきた。

「きみはさっきの……ビアンカの友達か」

「そうだ。ビアンカの眼が再び視力を取り戻せるかどうかはあんたに懸かっていると聞いた。ところが、あんたは今、犯人に首根っこを押さえられている。娘の写真はあるか？」

「な、何？」

レティシアが茶目っ気たっぷりに口を出す。

「いいお父さんなら携帯端末に家族の写真くらい、持ってるよな。こっちに送ってくれよ。そうしたら、娘を救出してきてやるからさ」

「いかん！」

精一杯声を低めて医師は再び怒号を発した。

「余計なことはするな！　警察に知らせたら……」

「娘を殺すと脅《おど》してきたんだろう」

「違う。奴は娘の——眼を潰すと言ったんだ！」

父親としてこれほど恐ろしい脅し文句はないが、レティシアが不思議そうに言った。

「変なの。あんたその道の権威なんだろ？　自分で治してやればいいじゃん」

事態を少しも理解していない軽い言葉に、医師の堪忍《かんにん》袋の緒が切れた。大声を張り上げようとしたが、ヴァンツァーのほうが早かった。

「写真を出せ。娘に無傷で戻ってほしいのなら」

見た目は美しい少年なのに有無を言わさない——反論すら許そうとしない迫力に、ディップイヴ医師は完全に圧倒された。常識的に考えればこんな言葉は到底信じられない。突拍子がないにも程があるが、溺《おぼ》れる者は藁《わら》をも掴むである。

震える手で個人用の携帯端末を出し、トリシャの写真をヴァンツァーの端末に送信した。

そうしながら、慌ただしく犯人の要求を伝えた。

「奴は予定時間通りに手術を始めろと言ってきた。公開手術で大勢の見学者がいることも知っていた。おかしな真似をしたらすぐにわかるとも言っていた。表示室《モニター》も上の見学室も、関係者にしか開放しないが、その中に紛《まぎ》れこむつもりかもしれん。手術の途中で、見学者には気づかれないように失敗しろと。そんなことはできんと言ったら――娘の眼を！」

「手術は成功させるんだ」

厳然と言ったヴァンツァーだった。

「あんたの娘は必ず助けてやる。娘はこのマレルに住んでいるんだろう？　拉致したとしてもそんなに遠くへは連れて行けないはずだ」

「それがわかっていったい何になる！　すぐに手術開始時間なんだぞ！」

レティシアが少し真面目に口を出した。

「始まってもすぐに出番が来るわけじゃないだろう。お膳立《ぜんだ》てが全部整えられてあんたの出番になっても、肝心の処置を終えるまでは時間が掛かるはずだぜ」

「猶予《ゆうよ》はどのくらいだ？」

ディケイヴ医師は初めて専門家の顔になった。

「術前の処置もあるが……引き延ばしても一時間が限度だぞ！　そんな短時間で何ができる？」

「それはやってみなければわかるまい」

ヴァンツァーが断言し、レティシアはディケイヴ医師を見ながら言った。

「俺は残ってこいつを見張る。妙な真似をするかもしれねえからな」

「頼む」

「と言うわけで手術室に入れてもらうぜ、先生」

「ば、馬鹿な……」

「いやならいいよ。あっちにうじゃうじゃ立ってる警察に一言……」

医師は今度こそ絶叫した。

こんな奇声を発したら助手や看護師がすっ飛んで来そうなものだが、誰もやってこない。

腕自慢の外科医というものは奇矯な人間が多いと

相場が決まっているが、彼もその一人らしい。

後をレティシアに任せてヴァンツァーは行こうとしたのだが、そのレティシアが声を掛けてきた。

「ちょっと待て。その前に、この先生を何とかしてやったほうがいいと思うぜ」

「どういう意味だ」

「少し冷静に考えてみろよ。娘を拉致された段階で、この手術は失敗だ。そうだろ？　こんな震える手で精密手術なんか成功させられるもんか」

もっともな話である。

「だから娘の眼を潰すってのもただの脅しで、この先生を震え上がらせるために言ったんじゃないか」

相手は既に二人殺して目撃者も殺そうとした奴だ——とはヴァンツァーは言わなかった。

犯人の非道ぶりを強調するのはディケイヴ医師の震えと動揺を煽《あお》るだけだからだ。

顔面蒼白《そうはく》の医師を見やって、レティシアが小声で言う。

「おまえ、ちょっとにっこり笑ってやれよ」

「何だそれは」

「いいじゃん。減るもんじゃないんだからさ」

心底呆れたが、要はディケイヴ医師の調子《コンディション》は最悪であると、少しはリラックスさせてやらないと成功する手術もしなくなると言いたいらしい。

癪《しゃく》に障るが、ここはレティシアの主張が正しい。

ヴァンツァーは冷静に判断して、すべての女性に（実はかなりの確率で男性にも）効果抜群の笑顔でにっこり微笑みかけたのである。

「先程の失礼をお許しください。先生がお嬢さまを案じておられるように、わたしもビアンカを案じているのです。先生のたいせつなお嬢さまはわたしが必ず助け出します。ですから手術開始から一時間、どうか先生のお力で保《も》たせてください。そうすれば一時間後には必ずお嬢さまをお連れし、無事な姿をお目に掛けるとお約束致します」

意外にもこれが効いた。

ディケイヴ医師は最初は呆気に取られ、次に穴のあくほどヴァンツァーの美しい顔を凝視していたが、その顔に本来の力が蘇《よみがえ》ってくる。

レティシアも、彼なりに医師を奮《ふる》い立たせようと声を掛けた。

「あんたも腕に覚えのある医者なんだ。自分の腕を貶《おとし》めたくはないだろう。特に今日は医者が大勢、見学に来てるんだ。舞台としては最高じゃないか。だったら最高の仕事をしてみせろよ」

「わたしは常にそれを心がけている」

ディケイヴ医師は昂然《こうぜん》と言い放ったが、たちまち悲痛な表情になり、呻《うめ》くように付け加えた。

「だが、今日は娘の人生が懸かっている」

「ビアンカの人生もです」

病棟に戻ったヴァンツァーはすぐさまトリシャの写真を転送し、相手を呼び出した。

珍しく呼び出し音が長く続く。

まさかこんな時にと気が気ではなかった。ここを頼れなかったらトリシャの救出は絶望的だが、幸い長い呼び出しの末に相手は端末を取ってくれた。

「今送った写真を見てくれ」

かなりの早口で言う。相手はその言葉通りにして、不思議そうに言ってきた。

「——誰この子？」

「その娘はどこにいる？　大至急だ」

「いつも急なんだねえ」

そう言いながら断られた例《ためし》がない。

思えばこの相手には甘えさせてもらってばかりだ。生活も、今の第二の人生も。しかし、今はそれを言う時ではない。ヴァンツァーはじっと答えを待ち、端末の向こうの声はあっさり言ってきた。

「教会だね」

「それではわからん」

「使われていない教会だ、学校でもある。もしくは……学校の中に教会があるのかな」

そういう形態の学校があることはヴァンツァーも知っていた。それでもかなりの数があるが、現在は使われていないというのがヒントになると思ったら、珍しく、もっと具体的なことを言ってくれた。

「方角は西、きみがいるところから西。——急いだほうがいいよ」

言われなくても急がねばならない。

ヴァンツァーは慌ただしく携帯端末を使った。

マレルから西方向に限り、現在は使われていない教会と学校を兼ねた建造物を指定して検索すると、ギボンズ市に該当する建物が一件見つかった。

五年前に廃校《はいこう》になったランドール校だ。

意外に遠い。直線距離で約十五キロある。

野中の一本道ならともかく市街地を抜けなくてはならないのだ。信号も速度の制限も多い。恐らく、片道だけで三十分以上かかってしまう。

ヴァンツァーは直ちにビアンカの病室に戻ったが、そこはもう空だった。

調べものをしている間に手術室に入ったらしい。

看護師に手術室の場所を聞き、病院内で許される限りの速さでそちらに駆けつけた。

手術は既に始まっていた。ブリジットは手術室の前の長椅子に座り、手術が終わるのを待っていた。

今日は公開手術だ。

医師しか入れない表示室の他にも、手術の様子を硝子越しに覗ける見学室がこの上の階にある。

身内ならそこに入れるが、ブリジットは何となく、手術中のビアンカを覗くのが躊躇われたのだ。

「全身麻酔なんだから覗かれてもわからないのに。できるものならあたしが見たいくらいよ」

「それじゃあ、今回の手術は記録に残すそうだから、後で頼んで見せてもらったら」

「う〜ん、録画してまで見たいかとなるとちょっと話は別かも……」

そんな会話を残して、ビアンカは元気よく自分の足で歩いて手術室に入っていったのである。

すべてが終わったらここから出てくるのだから、意識がなくても真っ先に迎えたかった。

夫ももうすぐこちらに駆けつけて来るはずだ。

しかし、夫より先に、ヴァンツァーが足音も荒くやってきた。いつも冷静な彼には珍しいことだから、どうしたのかと思ったら、ヴァンツァーから事情を説明され、ブリジットはあまりのことに息を呑んだ。

その顔がみるみる青ざめる。

「先生のお嬢さんが人質に……？」

「トリシャの居場所は見当がついています。彼女を助けて、ここまで連れて来ます。ディケイヴ医師も娘の無事な姿を実際に見なければ信じないでしょう。ただ、時間がない。一時間以内に戻らなければ」

「場所は？」

「ギボンズ市。——ここです」

携帯端末に表示した地図を見せ、ヴァンツァーは毅然として言った。

「あなたの力が必要です」

ブリジットは果敢に頷いた。

「今まで無事故無違反の運転が自慢だったんですが、今日はいくらでも減点を食らってやるわ」

胸を張って勇ましく駐車場に向かうブリジットに寄り添いながらヴァンツァーは言った。

「行きは交通法規厳守でお願いします。トリシャを救出する前に警察に足止めされたのでは意味がない。——帰りは思いっきりぶっ飛ばしてください」

「わかりました」

ブリジットの運転する車は違反にならない程度に、ほんの少し制限速度を超えて走り、たった十五分でギボンズ市に入っていた。

さらに五分でランドール校に到着する。

がらんとした廃墟《はいきょ》には人の姿もなく、ただ空虚な雰囲気だけがそこに佇んでいる。

校舎は見えるだけで四つ、古びた教会に体育館、図書館もある。ずいぶん大きな学校だったのだ。

校庭の外からそれらの様子を窺い、ブリジットがそっと声を潜めてヴァンツァーに話しかける。

「先生のお嬢さんはどこに捕まっているのかしら？　普通は悪者の見張りが側にいるでしょう」

「わたしに考えがあります」

一分にも満たない慌ただしい打ち合わせを済ませ、ヴァンツァーは車を降りた。

ブリジットは校庭の真ん中に車を停めて、座席の下に身体を潜り込ませると、その状態で思いきり警笛《クラクション》を鳴らした。

こうしろというのがヴァンツァーの指示である。

「この犯人が狙撃銃を持っているとは思えませんが、念のためです。それでもあなたを危険に晒《さら》すことに変わりはないが、お願いできますか」

「それはわたしが言うことよ。ヴァンツァー。後のことはあなたにお任せして本当にいいの？」

ブリジットがヴァンツァーの身を案じているのはわかる。警察には言えないし、この少年一人だけで人質の奪還など、大丈夫かと思っているのだ。


ヴァンツァーは笑って言った。

「あなたの本領がその運転席なら、わたしの本領はこういう場面にあるんです」

のどかな昼下がりの廃校に、突然、長々と響いた警笛は実に効果的だった。

古びた教会の扉が開いて、男が顔を出した。

まだ年若い、瘦《や》せた貧相な男は不安そうにきょろきょろしたが、何も視線を動かす必要などない。

眼の前の校庭に車が停まっている。

ブリジットが座席の下に隠れているので、校庭に誰も乗っていない車がぽつんと置かれているように見える。それも本格的なスポーツカーが。

男は見事に釣られて、のこのこ近寄ってきた。

ヴァンツァーは建物全部を見渡せる物陰に隠れて様子を窺っていたが、男が出てきたとみるや、姿を現してまっすぐ走り寄った。普段なら障害物のない校庭でこんな真似はしないが、時間がない。

何よりヴァンツァーはこの距離で見ただけでも、

相手の実力を推し量ることができた。

この男が刃物を持っていても銃を持っていても、まるで問題なく無力化できる。

言うなればその程度の三下なのだ。

実際、男は真正面から疾風のように迫った人影に対し、何も反応できなかった。茫然としている男の背後に一瞬で回り、喉元にがっちり腕を絡《から》め、声を封じた上でヴァンツァーは尋ねた。

「娘は?」

答えなければこのまま絞め殺すという意志の力を感じたのか、男は震える指で教会をさした。

「貴様一人か?」

今度は固められてしまった不自由な首をかすかに振ってみせる。

手刀の一撃でこの男を気絶させ、校庭に放置して、ヴァンツァーは静かに教会に近寄った。

半開きの扉から覗いて見ると、トリシャがいた。猿轡《さるぐつわ》を咬まされ、手は前にして手錠を掛けられ、教会の床に座らされている。

見張りの男もいた。こちらは長椅子に腰を下ろし、退屈そうに携帯端末をいじくり回している。

「邪魔するぞ」

堂々と声を掛けて中に入ると、男がぎょっとして立ち上がった。血相を変えて何か言おうとしたが、その時には距離を詰めたヴァンツァーの手刀が再び炸裂《さくれつ》し、男はたちまち床に伸びていた。

気絶した男の身体を探り、手錠の鍵を取り上げてヴァンツァーはトリシャを自由にしてやった。

トリシャは涙に濡《ぬ》れた眼に夢心地のような表情を浮かべてヴァンツァーを見上げている。

駅で会った美貌の少年が、囚《とら》われの自分を助けに来てくれたのだ。天にも昇りそうな心持ちだったに違いない。動こうとしないので猿轡を取ってやると、トリシャは激しい感情を一気に顕わにした。

「あ、ありがとう! あたしいきなりこの男たちに襲われてもうどうしようかと……」

「しゃべるな。校庭の車に乗れ」

「えっ？」

「急げ！」

恐い顔で一喝《いっかつ》されてトリシャは慌てて駆け出した。

ヴァンツァーは気絶させた男にトリシャを縛《いまし》めていた手錠を掛けて、男の身体を抱え上げた。

車に戻り、後部座席に座ったトリシャの隣にその身体を投げ出したので、トリシャが悲鳴を上げる。

「こんな男、乗せないでください！」

「それは無理だ」

無情に言って、ヴァンツァーは助手席に座ると、運転席のブリジットを見つめて真顔で言った。

「あなたの最高技術に期待します」

「ご披露《ひろう》しましょう」

ブリジットはその言葉どおりにしてくれた。

信号も標識も制限速度も無視して突っ走る。

その車を警察車両が猛追してくる。

後部座席のトリシャの悲鳴は絶えることがない。

警察車両の停車勧告を無視し続けると最悪の場合、運転免許を取り上げられてしまうが、ブリジットは委細かまわず加速して猛然と病院を目差した。


ディケイヴ医師は先程から冷や汗を掻《か》いていた。

普段なら、ここからが自分の最高の見せ場である。

眼の前の患部に極限まで集中し、この損傷をどう復元するかを考えると興奮するのだが、今は違う。

いよいよ奇跡の技《わざ》が見られると固唾《かたず》を呑んでいる医師たちの視線が痛くて痛くて仕方がない。

いつも以上に丁寧に時間を掛けてきたつもりだが、これ以上の引き延ばしはもう無理だ。肝心な部分に取りかからねばならない。そして、娘を救うために、意図的に失敗しなければならないのだ。

激しく苦悶《くもん》するディケイヴ医師を、横からそっと突《つつ》いた人がいる。

訝しげに眼をやると、ひときわ小柄な姿があった。

手術着を着て、医学生の名目で強引に紛れこんだあの少年が上を見ろと視線で指示してくる。

そこには見学室がある。硝子越しに見学室を見て、ディケイヴ医師は息を呑んだ。

トリシャが見学室にいた。硝子に両手を突いて、こちらを見下ろし、笑顔で大きく頷いている。

どこにも怪我をしている様子はない。

娘の姿を自分の眼で確認して、ディケイヴ医師は大きな安堵の息を吐いた。もし手術中でなかったら歓喜の雄叫《おたけ》びをあげて飛び出したかもしれなかった。

それほど娘が無事でいてくれたのが嬉しかったが、ここから先は自分の仕事である。

彼に身をあずけている患者の視力を取り戻すべく、あらためて全力を注ぎ始めた。


翌週の土曜日——。

時刻は朝の九時だった。休日の今日はまだ朝食を食べている寮生もいる時間帯だが、ヴァンツァーは通話室でブリジットと話していた。

今朝、ビアンカの包帯が取れたのである。

ブリジットは弾んだ声で結果を知らせてくれた。

「よかったら一度会いに来てくださいな」

「もちろんです。これから伺います」

そう言ったにも拘《かか》わらずしばらく話し込んだのは、ブリジットがビアンカを狙った犯人について話し、意外に思ったヴァンツァーが問い返したからである。

「犯人は画家ですか？」

「ええ。若手の中では高く評価されている人だとか。若手と言っても四十歳くらいの人です」

「しかし、その画家がなぜビアンカを？」

「去年あの子がクウォークへ出かける前に、市内の絵画展に寄ったと言ったのを覚えてます？」

さすがに驚いた。

「その画家だったんですか？」

「そうなんです。本当にびっくりしました」

なるほど、それですべて合点がいく。

画家にしてみれば、生まれて初めて人を殺害して、家から飛び出した途端ばったりぶつかった女の子が地面にぶちまけた荷物の中に。

「自分の個展の図録を見たんですね」

「そうなんです。レノックス出身の画家ですから、絵画展には本人の大きな写真も飾られていたとか。ビアンカは絵すらろくに見ていなかったのに」

　画家はそんなこととは知るよしもない。首根っこを押さえられたように感じただろう。生かしておけないと決意を固め、車で撥ねたが、ビアンカは死ななかった。

　犯罪者の心理を知っているヴァンツァーは当時の画家の心の変化を推測してみた。

　図録を見た時は完全に頭に血が上った興奮状態で深く考えずに行動に移してしまったのだろう。

　ビアンカが生きていると知って画家は動揺した。

　しかし、その時にはだいぶ頭が冷えていたのだ。

　ぶつかった時のことを思い返すと、自分の素性に気がついたような言動ではなかった。

　しかも少女は失明したという。

　ならば危険を冒して殺す必要もないと自分に言い聞かせ、経過を見守ることにした、そんなところだ。

「すべてが終わった今だから言いますが、よくまあ去年の段階で手を出さずにいてくれたものです」

「本当に考えただけでもぞっとします。その画家はもともとダウナー氏の親しい友人だったそうですよ。ところが、一方的に奥さんを熱愛するようになって、奥さんに相手にされなかったので逆上したのだとか。——お気の毒ですよ」

「犯人はふさわしい報いを受けるでしょう。後ほどお会いした時にまた詳しいことをお聞きします」

「ええ、待ってますからね」

　長い通話を終えたヴァンツァーは笑顔で通話器を置いていた。

　同じ寮生でも彼の笑顔は滅多に見たことがない。

　しかも話していた相手は女性である。

勉強の邪魔だと言って、日頃は外部からの連絡に極めて素っ気ないヴァンツァーが女性と嬉しそうに話しているのだから、まさに青天の霹靂《へきれき》である。

エクサス寮生のみんな——特に女生徒は好奇心でふくれあがっていたが、気安く訊ける相手ではない。

当のヴァンツァーはうずうずしている寮生たちをあっさり置き去りにして寮を出た。


ビアンカの病室はまた空っぽだった。

待つべきか、見舞いの花だけ置いて帰るべきかとヴァンツァーが思っていると、ブリジットの弾んだ声が掛けられた。

「ヴァンツァー、早かったのね」

ブリジットは今まで見た中でもっとも晴れやかな顔をしていた。美しくなったようですらあった。

義理の娘が再び光を取り戻したことを、この人は純粋に喜んでいる。得難い人だと、尊敬の念を強くして、ヴァンツァーは笑顔で軽く一礼した。

「——ビアンカは？」

「サンルームにいるわ。案内するから会ってあげて。きっと喜ぶわ」

二人は病棟の一階まで昇降機で降りたが、途中、ブリジットはそっと尋ねてきた。

「ヴァンツァー……。どうしてあの時、トリシャの居場所がわかったの」

ヴァンツァーは答えない。ただ微笑を浮かべて、ブリジットを見下ろした。

普通の女性はどぎまぎと顔を赤らめる場面だが、ブリジットはそんなことはしない。濃い藍色の瞳をひたと見つめている。その奥にあるものを知ろうとしているのかもしれないが、それができないことも彼女は知っていた。苦笑して首を振った。

「訊かないほうがいいことなのね」

「申し訳ありません」

「何を謝ることがありますか。あなたはビアンカを救ってくれました。心から感謝しています」

ヴァンツァーのほうも気掛かりなことがあった。

「さっきは聞きそびれてしまいましたが、あなたは大丈夫でしたか？」

　先週の盛大な交通法規違反のことである。

「免許失効を宣告されました」

「えっ？」

「でも、すぐに取り消してくれました。ディケイヴ先生が熱心に弁護してくださったんです。あなたが姿を消してしまうから、先生はわたしがトリシャを助けたと思っているようで、こんな時に交通法規を優先するのは横暴にも程があると警察に訴えました。娘の姿を見るのがもう少し遅かったら、自分は医の倫理に背き、自分を信頼している患者さんを裏切り、許されない過ちを犯していたと。警察も人命優先の、やむを得ない行動だったと理解してくれましてね、厳重注意ですませてもらえました」

「それはよかった」

　ヴァンツァーの声には本物の安堵があった。

「妊婦のあなたが運転を控えるのは当然としても、あの技術が披露されなくなるのは無念ですから」

　すると、ブリジットがこっそり白状した。

「それ以前に禁断症状が出ます」

　ヴァンツァーは思わず小さく吹き出していた。


　中庭に面した一階のサンルームは、ぱっと見には温室のようだった。至る所に緑と花が植えられて、さんさんと光が差し込んでいる。

　硝子に見える透明板《クリア》は光の波長を微妙に遮断《しゃだん》して、眼に負担が掛からないようになっている。

　だから視力を取り戻したばかりのビアンカも光を見つめていられるのだ。

　見えるものすべてがすばらしかった。

　パジャマの生地にもカーテンにも茶碗の模様にも「久しぶり！」と言いたかった。

　不思議なことに記憶していたものとは同じようで全然違う。この世界は以前見ていた時よりも格段に美しくなっているような気がする。

あんなに悩んでいた額の傷さえ気にならない。

恐る恐る鏡に映してみて、思っていたほどひどくなかったので拍子抜けしたくらいだ。

ビアンカはサンルームに咲いている小さな黄色の花にじっと見入った。以前の自分なら雑草と思って、恐らく見向きもしなかった花だ。その花に向かって真面目に呟いた。

「きれいに咲いてくれてありがとう」

もちろん、この花はビアンカのために咲いているわけではない。花に口がきけたら、大きなお世話と言ったかもしれない。

それでも、視覚で味わうこの幸福が嬉しかった。

きっと、あの頃の自分は醜いものばかり見過ぎていたのだろう。確かに世の中には醜いものも多いし、眼が見えるといやでもその醜さに気づいてしまうが、だからこそ世界には美しいものが隠れている。

誰かがすぐ側まで来たのに気づいて、ビアンカはそちらに眼をやった。

見たこともないくらい美しい少年が立っていた。抜けるような白い肌に、整った目鼻立ち、中でも濃い藍色の眼は物憂げな謎めいた光を浮かべている。

ビアンカはまじまじと少年を見つめて破顔した。

「ほんとだ。すっごい美形。ママの言った通りね。妖艶な美少年だわ」

ヴァンツァーも微笑し、見舞いの花を手渡した。

「おめでとう。具合はどうだ」

「ありがとう。——この花すごく可愛い！　身体は何ともないのよ。眼も痛まない。もう退屈で退屈で、早く帰りたいわ。今はすっごく家が懐かしい」

見えるようになっても、ビアンカの態度も口調も見えなかった頃と少しも変わらない。

思い出し笑いをして、悪戯っぽく言ってきた。

「聞いてくれる？　マージョリーがさっそく作戦を変更してきたのよ。赤ちゃんが生まれたら、パパとママと赤ちゃんの三人が新しい家族になるんだから。あたしはもう大人なんだし、第一また見えるように

なったんだから、ここは気を利かせて、お邪魔虫にならないように自分から家を出るって申し出るのが常識なんですって」

「彼女の常識にはある意味、感心させられるな」

「それと、トリシャがもう大変よ。あなたのことを空から降ってきた天使か、自分を助けに来た白馬の王子さまと思っているみたい」

それはあの時の彼女の態度からもわかっていたが、ヴァンツァーはとことん生真面目に言った。

「正直に言うが、俺が助けたのはトリシャではなく、ビアンカの眼だ」

ビアンカは再び光を取り戻した鳶色の眼を見張り、大げさにのけぞった。

「困ったわ。こんな美形にこんなことを言われてもときめかないなんて……自信なくしちゃう」

「何の自信だ」

「そりゃあ女としての」

「俺にはありがたいことだが、どうしてかな？」

「それはね、多分、いつも本当のことしか言わないような人は恋愛には向いてないからよ」

ちょっと考えて、ヴァンツァーは頷いた。

「真理だ」

ビアンカは微笑して、右手を差し出した。初めて会った時のようにだ。

ヴァンツァーも微笑してその手を握り返す。

握手を交わし、ヴァンツァーの眼を見つめながら、ビアンカは厳かな口調で言った。

「眼が見えるようになって初めてのお友達だわ」

ヴァンツァーにとっても同年代の少女の友達など初めてだった。実際のヴァンツァーはビアンカよりかなり年上だが、それは気にならない。

と言うより、何やらくすぐったい。

その微笑を見て、ビアンカも嬉しそうに微笑んだ。

何かに気づいたようにサンルームの入口を見て、軽く手を上げる。

眼で追うと、ブリジットが夫と連れ立ってやって来るところだった。

ヴァンツァーはこの時、初めてローリンソン氏を見たのである。

小柄で小太りで、少年のように輝く眼をしているその人は、顔中に感謝と好意を表して、しっかりとヴァンツァーの手を握り、何度も打ち振った。

「ファロットくんですね。妻と娘が本当にお世話になったそうで、いくらお礼を言っても足りません。ありがとうございました」

ヴァンツァーは微笑していた。

こんな人たちが世の中にいるとはかつての自分は想像もしていなかった。思えば不思議な縁である。

「こちらこそ、お嬢さんの友達に加えていただけてありがたいと思っています」

「だからやめてよ、その時代言葉！」

ビアンカが大げさに顔をしかめる。

サンルームに楽しげな笑い声が響き渡った。

あとがき

お久しぶりです。次は主人公の名前が漢字の話を書く予定でしたが、その前にいったんクラッシュ・ブレイズシリーズを閉じることになりました。

今回の話——特に「レティシアの場合」は、以前に出した『スペシャリストの誇り』に収録されている「ファロットの美意識」の続編のような内容になっています。

もちろん「ファロットの美意識」をお読みになっていなくても読める話です。

今まで一度も彼らを単独で書いたことがなかったので、ちょっと冒険してみましたが、いやはや手こずりました。こんなに手こずったことはなかったかもしれませんが、何事も経験、何事も勉強です。終わってみれば毛色の変わった感じで楽しかったです。

タイトルも『ファロットの気まぐれ』か『ファロットの暇つぶし』が本来なら正しく、そのように主張したのですが、例によって担当さんに激烈な却下を食らってしまいました。いえね……本気で言っているわけではないんです。これはタイトルにならないなあって自分でもわかっているんですが、うまい代わりが思いつかず『休日』になりました。

次回、十一月にはようやく新作です。

久々に登場人物の名前が漢字だらけの本になります。もっと早く発表するはずでしたが、何しろ記録的に手の遅い作者のやること、書く書くと言っておきながら、ずいぶん時間が掛かってしまいました。

今度こそ、きちんと形にするつもりです。

また先の話ですが、来年の春頃には鈴木理華《すずきりか》さんの画集が出るそうです。個人的にもとても楽しみですが、『暁の天使たち』『クラッシュ・ブレイズ』を中心とした画集なので、作者も小説を書き下ろすことになりました。その時にはどうぞよろしくお願い致します。

シリーズ終了と銘打ちましたが、実のところ金銀天使にも赤黒ゴジラにももっと暴れてもらいたいと思っている性懲《しょうこ》りのない作者ですので、鈴木理華さんとは来年以降もお仕事させて（ご迷惑を掛けさせて？）いただきます。

最後に『デルフィニア戦記外伝　大鷲の誓い』が文庫化されています。よろしかったら、お手にとってご覧ください。

茅田砂胡

ご感想・ご意見をお寄せください。

イラストの投稿も受け付けております。

なお、投稿作品をお送りいただく際には、編集部
(tel:03-3563-3692、e-mail:mail@c-novels.com)

まで、事前に必ずご連絡ください。

〒104-8320 東京都中央区京橋2-8-7
中央公論新社 C★NOVELS編集部

C★NOVELS Fantasia

ファロットの休日《きゅうじつ》
——クラッシュ・ブレイズ

2010年7月30日 初版発行

著 者 茅田砂胡《かやたすなこ》
発行者 浅海 保
発行所 中央公論新社
〒104-8320 東京都中央区京橋2-8-7
電話 販売 03-3563-1431 編集 03-3563-3692
URL http://www.chuko.co.jp/
印 刷 三晃印刷(本文)
大熊整美堂(カバー・表紙)
製 本 小泉製本

Published by CHUOKORON-SHINSHA, INC.
Printed in Japan ISBN978-4-12-501116-5 C0293

応募規定

❶プリントアウトした原稿＋あらすじ、❷エントリーシート、❸テキストデータを同封し、お送りください。

❶プリントアウトした原稿＋あらすじ

「原稿」は必ずワープロ原稿で、40字×40行を1枚とし、90枚以上120枚まで。別途「あらすじ（800字以内）」を付けてください。

※プリントアウトには通しナンバーを付け、縦書き、A4普通紙に印字のこと。感熱紙での印字、手書きの原稿はお断りいたします。

❷エントリーシート

C★NOVELS公式サイト[http://www.c-novels.com/]内の「C★NOVELS大賞」ページよりダウンロードし、必要事項を記入のこと。

※❶と❷は、右肩をクリップなどで綴じてください。

❸テキストデータ

メディアは、FDまたはCD-ROM。ラベルに筆名・本名・タイトルを明記すること。必ず「テキスト形式」で、以下のデータを揃えてください。

ⓐ原稿、あらすじ等、❶でプリントアウトしたものすべて
ⓑエントリーシートに記入した要素

応募資格

性別、年齢、プロ・アマを問いません。

選考及び発表

C★NOVELSファンタジア編集部で選考を行ない、大賞及び優秀作品を決定。2011年2月中旬に、C★NOVELS公式サイト、メールマガジン、折り込みチラシ等で発表する予定です（一次選考通過者には短い選評をお送りします）。

注意事項

●複数作品での応募可。ただし、1作品ずつ別送のこと。
●応募作品は返却しません。選考に関する問い合わせには応じられません。
●同じ作品の他の小説賞への二重応募は認めません。
●未発表作品に限ります。ただし、営利を目的とせず運営される個人のウエブサイトやメールマガジン、同人誌等での作品掲載は、未発表とみなし、応募を受け付けます（掲載したサイト名、同人誌名等を明記のこと）。
●入選作の出版権、映像化権、電子出版権、および二次使用権など、発生する全ての権利は中央公論新社に帰属します。
●ご提供いただいた個人情報は、賞選考に関わる業務以外には使用いたしません。

締切

2010年9月30日（当日消印有効）

あて先

〒104-8320 東京都中央区京橋2-8-7
中央公論新社『第7回C★NOVELS大賞』係

（2010年2月改訂）

主催・C★NOVELSファンタジア編集部